第七届

“贵州大曲杯·记忆里的味道”征文

获奖作品集

记忆里的味道

《中国作家》杂志社／编

作家出版社

图书在版编目（CIP）数据

记忆里的味道 / 《中国作家》杂志社编. -- 北京：作家出版社，2025. 5. -- ISBN 978-7-5212-3301-8

Ⅰ. I267

中国国家版本馆CIP数据核字第2025HW9082号

记忆里的味道

编　　者：《中国作家》杂志社
责任编辑：兴　安　赵文文
装帧设计：千墨文化 + 牛依河
出版发行：作家出版社有限公司
社　　址：北京农展馆南里10号　　**邮　　编：**100125
电话传真：86-10-65067186（发行中心）
86-10-65004079（总编室）
E-mail:zuojia@zuojia.net.cn
http://www.zuojiachubanshe.com
印　　刷：中煤（北京）印务有限公司
成品尺寸：142×210
字　　数：162千
印　　张：7.625
版　　次：2025年5月第1版
印　　次：2025年5月第1次印刷
ISBN　978-7-5212-3301-8
定　　价：59. 00元

目录

特等奖（2名）

一等奖（3名）

二等奖（10名）

三等奖（30名）

特等奖

【2名】

喝茶的人

（散文）

◎ 王　族

十余年前在阿勒泰的白哈巴村，一到下雨天，我便知道村里人都在家中喝奶茶。白哈巴村一带阴湿，如果下雨就更冷了，让人觉得雨水携带着冷飕飕的刀子，不声不响地扑进村子，要剜进人的骨头里。在下雨天便喝奶茶，而且要一碗一碗不停地喝，直至喝透、喝饱，以抵抗山中的寒气。

新疆产茶不多，但却很有特点。譬如罗布麻茶，以生长在沙漠盐碱地带的罗布麻为主要原料，相传西域的楼兰人曾亲手栽培摘采，加工制成。再譬如沙棘茶，又叫黑刺，多出于阿勒泰一带。还有昆仑雪菊，又名“血菊”，其金色花朵经沸水冲泡后，汤汁犹如琥珀一般的绛红色，饮之稀稠适中、甜润爽口，为人们所钟爱。新疆的药茶久负盛名，具有健脾胃、消食、祛风、散寒、通经等功效。荜茶以小豆蔻、肉豆蔻、肉桂、丁香、孜然、胡椒、干姜、荜澄茄等加工而成，南疆人，尤其是和田人常饮药茶，并有专门的药茶师。

在白哈巴有一句谚语：只要你来找我，就是朋友；只要你是我的朋友，进门就有一碗茶。这里说的一碗茶，指的是奶茶。白哈巴村后面是雪山，因为终年不化，便觉得那雪非常古老。人们在喝奶茶的间隙，会面无表情地看几眼雪山。只有在白哈巴这样的地方，才可见到大雨与雪山同在，有时候好像大雨淹没了雪山，但大雨像一条颤抖的尾巴，一晃犹如被雪山压到了低处。不管天气如何，人们都熟视无睹，不会把手中的奶茶碗放下。

等到又一场大雨下起，我进入一户人家，还没等我开口，主人便说，雨嘛下它的嘛，我们嘛奶茶喝上嘛，把身体里面和外面都喝热，就舒服了。他在火堆上架上茶壶，加大火把水烧开，然后放进茶叶开始煮。

我看着壶里的动静，很快，茶叶便翻滚起来，茶水的颜色越来越浓。主人拿一个木头勺子不停地搅动，似乎好喝的茶是搅出来的。我在一边耐心看，也耐心等。主人搅得差不多了，把茶水倒入碗中，加上羊奶，碗中的茶水便变了颜色，呈现出淡白色。很快，淡白色便淡去，呈现出略灰但又带有暗黄的颜色。大家议论，这应该是什么颜色？主人笑着答曰，什么颜色，就是奶茶的颜色嘛，难道奶茶不应该有颜色吗？我们一笑，遂认为主人所言极是，这就是奶茶的颜色。主人舀一小勺尝了尝，便放进去一把盐，脸上浮现出高兴的神情。

一壶奶茶就是这样完成的。

主人端来一盘馓子、一碟酥油，把碗一一摆在我们面前，提着茶壶把奶茶倒入碗中，示意我们根据自己口味加酥油即可。我舀了一勺酥油放进奶茶中，立刻泛开一层金黄的油花。这个好，喝之前先看看好看的油花也不错。等那层油花浸开，我估计可以喝了，便端起碗喝了一口。真好喝，既有茶水的浓烈，又不失奶汁的清洌，再加上酥油的厚腻味道，舌间便有了浓烈的味觉冲击力。我把碗晃晃，想让那层油花浸入奶茶中，但油花翻滚了几下仍浮在表面，我这才知道酥油不会浸入奶茶中，也许人们喝奶茶喝的就是这个味道。

我喝完一碗，主人提起茶壶又要给碗里添上，我忙表示喝了一碗已经够了，他不高兴地说，你来了，我的奶茶有哩，你作为朋友的意思嘛只有一点点，不行，必须喝两碗才能从我的房子里出去。

他边说边倒茶，结果壶中的茶却不够了，他一脸窘迫，极为利索地又烧了一壶茶。等到我喝完第二碗，他才笑着说，现在我告诉你必须要喝两碗的原因，你嘛，用两条腿走进了我家，喝两碗奶茶，再用两条腿走出去，图个吉利。噢，多么好的寓意，我顿时释然。

几年后再次去白哈巴，村中因为旅游开发，已发生了很大变化，路修成了水泥路，牧民骑着马从不上路，而是在路边的草地奔跑。记得白哈巴先前长满松树，村中弥漫着一股浓烈的松香味，现在闻一闻，那美妙的味道还在。

村庄变了，但多雨的天气却未变，我们到达的那天晚上便下了一场大雨，一整夜都听见屋外雨声不断，林涛汹涌，心想明天恐怕还会是大雨，得窝在房子里待一天。不料第二天早上一推开门，是一个大晴天，山间连一丝雾也不见，牛羊正叫着前往村前的草场上吃草。我们吃过早饭后去村后山坡上的几户人家，一番爬坡钻树林，终于在腰酸背痛之际到了一户人家。感到口渴，便问女主人能否给我们一点水喝，女主人听不懂汉语，从屋后喊来一位小姑娘，她在县城小学校学的是汉语，说家中的奶茶一壶十五块钱，我们想喝的话很快就能弄好。我们正求之不得呢，便让她赶紧去烧奶茶，很快一壶奶茶便摆在了院子里的木头桌子上。我喝了一口，一股温热而浓厚的奶茶味在口腔中浸开，浑身也热了起来。我们坐在院子里喝奶茶、晒太阳，我想起上次喝两碗奶茶的说法，便和小姑娘聊起这个话题，她不多说话，很显然她知道那个说法。喝完奶茶付钱，我给了小姑娘一张二十元的钞票，她找回我五元，我把那五元钱给了她的小弟弟，她说我不会算账，奶茶的钱已经付过了，那五元钱是找回给我的，不是她弟弟的。我又解释一遍是给她小弟弟的，她急红了脸，一定要把钱塞到我手里，我妻子讲了一番这是大人给小孩的钱，是疼爱小孩子的意思，她这才让弟弟把钱装进了口袋。

我们离开时，小姑娘送我们到栅栏跟前，叮嘱我们如果再来白哈巴，还去他们家喝奶茶。多么好的小姑娘，我们记住了你，也记住了你们家的奶茶，下次一定还到你们家坐坐。

现在，我很想喝一碗图瓦人的奶茶，但想起白哈巴那么冷的大雨，浑身便不由得一颤。

王　族　现居乌鲁木齐，供职于新疆作家协会。出版散文集《第一页》《兽部落》等，长篇散文《图瓦之书》《藏北的事情》，诗集《另一侧的安宁》，长篇小说《狼苍穹》《玛纳斯河》等。曾获《中国作家》奖、三毛散文奖等。

酒酹记

（散文）

◎ **傅　菲**

酒是崖石上的朝露，是高悬林扉的一轮明月，还是一脉山河的鲜活脾性呢？我回答不出来。酒是最神秘的吃食之一，藏有匠人的禀赋、节气的美韵、气候的玄妙、河流的律动。酒是我们感情的外延与内蕴。陶渊明把酒当作“出世”的喻体。杯外是尘世，杯内是隐世。饮酒是一种高洁情操，是一种本我性情，如白鹤独立于苍茫泥沼。他在《饮酒其七》说：

秋菊有佳色，裛露掇其英。

泛此忘忧物，远我遗世情。

一觞虽独进，杯尽壶自倾。

日入群动息，归鸟趋林鸣。

啸傲东轩下，聊复得此生。

酒是一种液体华服。屈原身着华服，且酒且哭。陶渊明身着华服，且酒且歌。李白身着华服，且酒且舞。

酒是号子，是船歌，是民谣。酒是锄头，是粗粝的双手，是蒸腾的汗液。酒从土里长出来，稻穗一样扬起。酒藏在土质的容器里获得厚重、醇和的生命。站在地窖前，我这样思忖。

地窖在杂货间。我掀了掀地窖盖板（不锈钢栅栏板），掀不起来。我说，盖板太沉了，水根还是你来掀。水根是我表弟，是个木雕师。他拉起嵌入窖口的盖板，双手撑起，盖板就竖直了，移靠在墙上。他卷起盖窖口的塑料皮，一股寒凉的潮气从地窖涌了上来。他问：这些酒囤了几年了？

整整十年，囤下去就没打开过地窖。我说。

2014年冬，在地窖囤了一批酒，有自酿粮食酒、瓶装白酒和瓶装法国红酒。

箩筐吊一次，取二十瓶上来。日兴吊箩筐，我摆放酒。酒排在院子水泥地，排了四十二瓶白酒、十八瓶红酒。水根问我：还有六箱酒要吊上去吗？纸壳箱都烂了。我说，吊上来。

这六箱酒是贵州大曲·70年代。囤在地窖，我都忘记了。

这些酒，我全部取了出来。酒坛排在左边廊檐，贵州大曲·70年代排在右边廊檐。我握着白瓷瓶，感到酒的厚重。一瓶酒就是一座山川，在手掌中沉甸甸的。酒按队列排齐摆放，如群山延绵横亘，气象万千。

水根爬上地窖，浑身汗湿，看着酒，说：这么多酒，舅舅喝到一百岁也喝不完。

我取了八瓶贵州大曲·70年代，慢慢摇，摇匀，开瓶，倒进陶瓷缸，一缸倒两瓶，抱着酒缸，轻轻晃轻轻漾。我是第一次把陈年酱酒调入自酿酒，想尝尝自酿酒的酱香味。

坛里的酒，我都渡到酒瓶里去了。酒瓶是我网购来的，玻璃瓶带硅胶软塞，无铅，二十个五斤装、二十个一斤装。闻到了酒香，邻居娟婶、小堂叔、好源来我院子，看我渡酒。我妈提了一大圆篮玻璃缸过来，说：你那几个酒瓶怎么够？可以用玻璃缸装。我说：你要送酒给邻居，报个名单给我。

我妈说：小堂叔经常送西瓜给我吃，我的煤气罐都是老惠抱进厨房的，娟婶年年给我谷雨茶（一种苦茶，治感冒、腹胀），油泥爸送过两次鱼给我，海蒂早上还送来月饼，孝红去年冬还帮我劈了半天木柴，老炎三天两头送蔬菜来，兴兴给我修了三次电路。

自酿酒全部渡入了酒瓶、玻璃缸，已临近中午了。我姐姐妹妹及外甥、外甥女到我家了。我提着玻璃缸，送酒给邻居们。我爸妈年迈，邻居们颇多照顾，送瓜送菜，这是恩情。一户送五斤，送了十二户。

小堂叔接过酒，乐颠颠地说：这是难得的好酒，老侄子太敬重我了。兄弟姐妹、表兄弟也各送五斤白酒、二斤药酒。

送完了酒，菜上桌了。姐妹都不会喝酒，唯外甥女婿喝酒。我爸拿出他自己调的药酒，招待客人，笑眯眯地往杯里斟酒。我接过酒瓶，拧紧盖子，说：今天喝贵州大曲·70年代。

外甥女婿见我拿出有风干了泥浆的酒瓶，说：这个酒肯定好。

我摇了摇酒瓶，说：这是藏了十年的，刚刚从地窖拿出来。我把酒倒在醒酒器里，摇了摇，满屋子酱香。菜上齐了，酒也醒得差不多了。我给我爸斟了半杯（一两），给外甥女婿斟了满杯。我手抖，酒落了好几滴，落在饭桌上。我爸伏下身子，伸出舌头舔桌上的酒，舔了酒，咂咂舌。我说：爸，桌上的酒也舔，不卫生。

这么香的酒，一点也不能浪费。我爸说。我不喝酒，我对外甥女婿说：小廖，你陪外公慢慢喝。

吃了饭，我就去午休了。睡了一会儿，我被海蒂的公公叫醒：你上午拎给海蒂的酒，真好喝，有一股淡淡的茅味，有酱香，香味往毛孔钻，我口腔鼻腔呼出来的，都是酒香。我从没喝过这么香的自酿酒。你用了什么秘方？

他是见多识广的人，曾在杭州、上海做了二十多年小生意。我笑起来了，说：叔，你中午喝了多少？

八两是至少的。酒喝下去，浑身冒汗，越喝越来劲。喝这么多下去，一点事都没有。酱香在口腔不散。

我拉着海蒂的公公，往我院子走，拎起一瓶贵州大曲·70年代给他看，说：这是茅台嫡系产品，藏了十年，哪有不香的道理呢？一坛自酿酒，我调了两瓶下去，叔喜欢喝，我就高兴了。这瓶酒，叔拿去晚上喝，今天是中秋，喝个乐头。

那我就不客气了。酒客易得，好酒难寻。他说。

我搬出长条硬木茶几，用水枪冲洗。洗净了，晾晒。今天是中秋，我不能愧对一轮明月。村中与我来往较为密切的邻居，有七个。我提前给他们打电话：晚饭，你别多喝了，晚八点来我家坐坐，老陈酒相待。

月出东山。东山即古城山，悬崖料峭，山巅松林层叠。月晃悠悠，圆圆的，浮出一圈红晕。长条硬木茶几摆在柚子树下，备了凉拌菜、甜品、水果。邻居们来了，依桌而坐。我醒了两瓶贵州大曲·70年代，给他们斟酒。一人一杯，杯是青瓷三钱杯。我也给自己斟了一杯。

斟酒时，小忠说：大曲香很浓烈，这是贵州产的好酒。小忠在贵州工地做过五年事，闻了香味就知道是酱酒。他端起酒杯，在鼻下移动，咂了咂酒，抿了抿嘴皮，伸出舌头，吐了一口气，很惊讶地说：这是茅台嫡系酒，是贵州大曲·70年代，酒体微黄，是陈放多年了。

他这么说，我就举杯了，说：好酒趁乡情，清茶寄明月。难得在我家相聚，喝一杯吧，尝尝老陈酒。简陋点，就在柚子树下喝喝酒叙叙旧。英叔从茶桌底下摸出酒瓶，把玩着。他说：黄盖白瓷，摸起来有玉质感。他一直在乡镇工作，嗜茶爱酒。他浅喝慢喝，从不喝醉。

我问英叔：喜欢喝酱酒吗？

英叔说：我喝酒分年龄段，年轻时喝清香型，中年了爱喝浓香型，过了五十岁多喝酱香型。贵州大曲、茅台王子，都是好酒。“70年代”这一款，用高温大曲坤沙，七轮发酵蒸馏。这是酱酒最好的工艺了。我喝了一杯，感觉焦煳香特别突出，浓郁度足，花果香、曲香、粮香很协调。

我说：英叔是老酒客。我喝不来酒。我是初喝，入口酒感微微甜，酒体形态黏稠感明显，入喉柔顺，茅香内敛沉稳，不浮躁，入喉后，特有的焦煳香在口腔回荡。

月照庭院。酒越喝越酣畅。我又醒了两瓶贵州大曲·70年代。喝得兴致上来，都忘记了月上中天。月朗朗天朗朗，清风相送。

四瓶酒喝完，我就不再开酒了。人散去。我一个人坐在院子里喝苦茶，举头望月。月在沧浪之海漾动，清辉遍野。宋代词人李洪说：“斟录醑，泛沧浪。”酒消解沧浪，也积聚沧浪。我想起1993年5月在德兴市黄柏乡长田村，我与诗人汪峰、饶祖明，在村头小店喝酒。乡野偏僻，无好酒。我们贫窘，也无钱。那晚的月色也朗朗，稻香流溢。汪峰喝醉了，坐在水沟边哭。可以痛哭的年华令人难以忘怀。我早已不会哭了，也忘记哭了。但我常会暗自流泪。因为被很多难以察觉的温暖感动。念及此处，我发了一个九宫格朋友圈。开酒窖、排酒、渡酒、切稻草、踩黄泥、封缸。九张照片记录了一天的生活，也是十年光阴的印证。一个人的一生，可以用上的十年是非常有限的。一个人的一生，可以一直相伴的朋友也是非常有限的。

饶祖明在朋友圈秒留言：一个不喝酒的人，侍弄酒这么上心，像极了酒神身边的仆人。我对饶祖明说：你过六十大寿那天，我送上最好的酒祝寿。

酒醑是活的，是永生的，经受时间的验证，每一滴都珍贵。

傅　菲　资深田野调查者。出版散文集《客居深山》《深山已晚》等三十余部。曾获三毛散文奖、百花文学奖、芙蓉文学双年榜、储吉旺文学奖、方志敏文学奖、江西省文学艺术奖，及《北京文学》《山西文学》等多家刊物年度奖。

一等奖

【 3 名 】

情之一字味中来

（散文）

◎ 王 芸

一种生活形态的消隐，像由强渐弱之音，或由浓渐淡至虚白之色，化于透明的时间之流，待你我意识到时，已成追忆。可一些场景，之中弥漫的情味、回荡的声响，还有味蕾连通大脑刻于记忆的食物的形、色、香、味，会在某一瞬间被唤醒，抵至沸腾的状态。这样的时刻，让人恍惚，也惆怅，仿佛隔着玻璃回看往昔生活，一切清晰可感，伸出的手指却再触碰不到。

父亲仙游已两年余，他没能赶上前年的春节。在度过一个异常清冷而悲伤的年关后，春节于现实生活层面的喜庆色彩淡去许多。此后的春节长假，我们奔波于夫家和娘家，常常跨越数百上千公里，奔波中更难体味到纯粹、绵厚的新年的滋味。一些时刻，已退向远处的童年的春节，逆流而来，让我陷入回想。

在生活相对贫乏的年月，春节是大事，需要隆重地筹备。二十世纪八十年代，市面上的商品还不像今天这般丰富，年节的食物多是家家户户自制。平时母亲和父亲分工明确，父亲一直是我们家厨事的主力，而母亲负责日常采买和家务整理。到了年节，大家一起动手，我家惯常的自制年食有：油炸翻饺，用面粉加适量的糖或盐，揉后静置一刻钟适度发酵，再擀成薄的面皮，切成小块长方形，中间用刀划一个小口，一头从小口中穿过，翻成蝴蝶结的形状，也可以一大一小两块面皮叠加，翻成双层蝴蝶结，沸腾的油锅里翻滚几下，出锅沥油，待冷却后入口酥脆，有面食被滚油激发出的那股香，甜口或咸口随个人所喜：酥脆花生，这种花生我在别家、别地没有吃到过。待父亲年迈、市面上的食品丰富后，他就没在年关做过了。一晃多年过去，对之的念想越来越深浓。问母亲，她只知道大概，花生放入盐、桂皮、花椒加水卤煮，煮好沥干，再下锅焙炒，炒到衣皮松散开来，食之干脆，花生的原香没有被调料掩盖，反而被最大限度地烘托出来，咀嚼间满嘴“嘭”香。我只能用“嘭”这样的词来形容那种感觉。后来，我买过“五香花生”“酒鬼花生”“核桃味花生”“麻辣花生”……都无法与之比肩。可惜没能早些询问父亲具体做法，而今世间再无处可觅，只存遗憾。

还有两三种家乡春节必上桌的菜食，最有名的当数荆楚鱼糕，被人们称为“头菜”。惯常用新鲜鲢鱼取干净鱼肉（剔去骨头和鱼刺），与适当比例的碎肉末（肥瘦均有），整个剁成肉糜，再加入鸡蛋、芡粉、盐拌匀，上锅蒸成方块，糕体白中带微黄，面上因为抹了鸡蛋液呈金黄色，整个色泽亮爽清雅。做“头菜”时，取一块鱼糕蒸熟，切片，摆成螺旋圆锥形，下面放蒸熟的肉丸和鹌鹑蛋，上面淋上浇头。这浇头通常用木耳、肉丝入锅炒，勾上芡，水灵灵、亮闪闪地淋在上面，为鱼糕们覆上一层光亮。鱼糕入口即化，口感绵软松香，鱼、肉完美地融合在一起，相互映衬、激发，怎一个“鲜”字了得。日常，也可以取一小块鱼糕直接蒸熟，再制一碟家常口味的调料，也是鲜香的下饭菜。这鱼糕非家家会做，却是家家的桌上菜。

还有一种名之“素鱼”的菜，父亲擅做。买来薄薄的豆油皮，用芡粉、香豆腐乳汁（红色）调和，抹在豆油皮上，再覆上一层，抹汁，再覆……十来层后，父亲会用砧板加重物压上一阵子，使之紧实一体。上锅蒸熟，切成小小的方块，下沸腾的油锅炸至金黄色，出锅冷却后，入口酥脆，且有别致奇异的香味。我觉得地方风味独具的香豆腐乳汁是其灵魂，独特的食材组合方式，加上调味的手感、火候、油炸时长的把控等个人化经验，决定了这道菜的品质。简单无奇的食材，貌似简单的工序，却是最难做成绝佳口味的。“素鱼”属于小众的让人生出乡愁的食物之一。我曾试做过，却是寻不回记忆中的风味。

母亲不擅厨事，姑妈的厨艺更在父亲之上，于是很多年的除夕团年宴，我们都是去姑妈家，满满的一桌菜，满满的一桌人，热气腾腾、闹闹哄哄的除夕夜。很长一段时间，我觉得那种不常有的欢聚，不常见的笑闹欢腾的气氛，还有满桌需要花费功夫来制作的菜肴，就是新年该有的色彩、氛围、滋味。

姑妈有三个女儿，招来三个女婿，除夕夜是一定会饮酒、闹酒的。姑爷们推杯换盏，免不了言语敲打、碰撞，三个姐姐也有酒量极好的，免不了端杯助兴，越发搅动起桌上的气氛涡旋。偶尔，有谁的话语或举动引动了姑妈的心事（早在三个孩子年幼时姑爹就辞世了，是姑妈一人将她们带大），她大声地说上两句，仿佛浑圆的时光忽然翕开了一道缝隙。很快，有谁举起杯来，新一轮的推杯换盏不着痕迹地弥合了这缝隙。到最后，一定会有一人两人醉倒。大女婿醉了，闷声不响，垂头打起瞌睡来。二女婿躺倒在沙发上，忽然爆发出大声的哭泣，他边哭边絮絮叨叨地说些我并不能全然明白的话。三女婿酒量是最好的，很难有醉倒的时候，可也有过喝到急性胃出血，被送进医院抢救的经历……年年如此，烈酒成了除夕团年宴不可或缺的一员，醉酒也成了迎接新年的一种仪式。

越过三十多年，这场景再难复制。年逾八十七岁的姑妈已难操持厨事，三个女儿中唯有玲表姐得了她厨艺的真传，可说到底无法超越她。有人在长大，有人在衰老，有人离了乡，有人舍弃家，有人先行远去，有人病痛缠身却顽强地活着……物换星移间，我们住的房子比之前大了许多，口袋里阔气了许多，通信和交通的方式快捷了许多，可资自我抚慰的方式丰富了许多，但生活的艰难还是会出其不意地降临，回避不了的病痛生死照样闪躲不开，只有鼓起勇气迎上去……大家族齐全的欢聚变得稀少，仅有的一次两次，都订在餐馆里。豪华设计的包厢迎合不同的审美趣味，琳琅求新的菜品满足不同口味的需要，同样的满桌佳肴，同样的推杯换盏，酒也越喝越高档，可曾经让我开怀而笑的情景却一去不返，再难复制。

座中，年幼的孩子们挑拣着食物，相比于家常菜，他们更稀罕这餐厅里菜品的精致炫美。如果将多年前惊艳我的味蕾、让我至今念想的父亲做的那些吃食放在他们面前，他们吃惯了缤纷美食的味蕾，会喜欢那种朴素而本真的味道吗？

座中的我，目睹着曾经青春气盛的张张面孔，我的亲人们，已然皱纹纵横、白发稀疏，陡生出“人生不相见，动如参与商。今夕复何夕，共此灯烛光”之叹。这是我最喜欢的杜甫的诗句，诸多人生况味都化在这短短的四句诗中。

不擅饮酒的我，仿佛看见自己，端起了酒杯，仰脖间，强收住泪意，任暗藏火焰的液体灌遍脏腑。

就让我，一个不擅饮酒的人，敬一敬一去不返的旧时光，敬一敬天上的老父亲，敬一敬让我们爱恨交织、欲罢不能的这人间。

王　芸　中国作家协会会员。出版长篇小说《对花》《江风烈》，小说集《请叫她天鹅》《薇薇安曾来过》等，散文集《纸上万物浮现如初》《此生》等。曾获第三届湖北文学奖、第一届江西省文艺创作奖等。

阿丈的青草药

(散文)

◎ **陈再见**

从小，我有一个羡慕别人的地方，说出来都感觉不好意思——我羡慕他们可以大大声声、堂堂正正地喊自己父亲“阿爸”。我们家就不行。我们家像是犯了错，兄弟几人都不能叫父亲“阿爸”。那叫什么呢？叫“阿丈”。这当然很难听，也很难为情。阿丈是另有所指，我们却只能用来称呼父亲，像是借来的称呼，名不正言不顺。这事，成了我年少时期一块不大不小的心病。

父亲生了七个孩子，从他在林场当会计那年初为人父，到八十三岁时突发心梗去世，从没有被叫过一回爸。父亲是不是因此有遗憾，我们不得而知。在我看来，这事确实让我有些耿耿于怀。尤其是我也为人父后，孩子每叫我一声“爸”，我就总感觉欠父亲的东西也在那一声声中被累积了起来。

父亲倒不介意，他似乎还挺乐意孩子们管他叫阿丈。多数时候他在家里就像个缺席者，给他一个像是远亲的称谓，看样子也蛮合适。我们偶尔提及，说是不是应该改一改，别老是这么叫下去。父亲还紧张起来，他说别改了，有人还管父亲叫阿叔的，叫阿丈也没什么。叫阿叔好理解，毕竟还有叔父一说，就是我家有些莫名其妙，无论是姑丈还是丈人，那都八竿子打不着。

母亲依稀有印象，说当年大哥出生，去找瞎子算八字。瞎子摸了摸大哥的头，说这孥仔命水厚，别叫爸，叫阿丈吧。结果大哥那么一叫，往后我们一个个的，就都叫顺了嘴。兴许是瞎子先生随口一说，我们却奉若神明。由此也印证父亲的命水那是真薄，怕是不配当我大哥的父亲。据说大哥后来是历经几次病重，险些丧命，至于命水有多厚，也不见得应验，至少没成为富翁，也当不上村支书，倒是害我们这些命水薄的弟妹，也一并不能叫“阿爸”。

父亲和我们对他的称呼一样，他在家里，其实也没找到多少存在感。除了下地种田，他几乎没有任何兴趣爱好，哪怕是喝酒、抽烟——他也买烟，每天雷打不动在巷口的小卖部买一包红双喜，自己却不抽，只为了遇见人了递一支。父亲甚至都不爱看戏看电影，这在母亲看来，简直有些匪夷所思。母亲是喜欢找乐子的人，她为了看戏，可以跟着戏班一路走出县界。当然，父亲也不是一无是处，他略懂点青草药，在我们村里算得上半个土医。每天从地里回来，父亲总不忘带一手青草药，用溪水洗净泥土，回家后摊放在天井里，晒到干翘翘的，再用化肥袋装起来，分门别类，藏在阁楼上。万一有个头疼脑热，父亲也不爱看医生吃西药，他会从阁楼上抓几把草药，熬汤喝，一瓯黑乎乎的汤水，看着都苦，家里弥漫的味道却有些清甘，通常要一整天才能消散。

我们不知道父亲的青草药到底能不能治病，反正我们有病，是不太信父亲的。反倒是外人，同村的，外地的，隔三岔五，会登门寻医，骑着摩托车，甚至开昂贵的小车，停在村口的榕树下，到处打听父亲的大名。那些时候，父亲免不了“装模作样”，端坐厅堂等着客人到来，还真有点名医的架势。有外人造访时，我们全家对待父亲的态度会随之改变，母亲时不时为父亲的茶杯续上热水，我们作为儿子的，也毕恭毕敬，分工明确，有的负责泡茶待客，有的则垂手站在一边，像个学徒颔首微笑，隔一会儿就给父亲敬上一支烟，尽管不抽，父亲还是会接过去别在耳朵上。父亲看病从不收钱，用他的话说，青草药就在地里长着，不需要成本，但病人吃了药，总得上门答谢，茶叶和香烟便少不了，多数时候也是我们代为收了，对父亲来说是妥妥的“蚀本”生意。

父亲是如何成为草药师的这件事我们全家人其实都很疑惑，唯一的说法只能是久病成医，他年轻时体弱多病，看过不少中医，也喝过不少草药熬成的奇奇怪怪的汤水。我们也算是耳濡目染，知道米碎草、乌龙花、虎耳草，还有四叶莲，还知道假花生可以治肾炎、牛喫埔可以消肿……至于父亲的青草药到底能否治病、能否救人，我们后来其实越发担忧，害怕病没治好，还闹出事故来。这种事乡下也不是没发生过。父亲对自己的青草药却十分有信心，现在想来，父亲的信心来自用药的保守，他采回家的无非都是一些清热解毒的草药，有病喝不好，没病喝着玩那种。那些年，村里村外草木茂盛，父亲的草药越晒越多，以至于最后家里的阁楼都堆不下。母亲为此不无唠叨，任何一根来历不明的草屑都可以让她对父亲破口大骂。父亲照样我行我素。父亲凡事都听母亲的，唯独在对待草药这个事情上，他表现出强硬的态度。事实上，再老实的男人一旦强硬起来，再强势的女人也拿他没办法。

有那么几年时间，父亲迅速衰老，身体也开始不行。现在回头想，就是父亲去世的前两年。照乡下迷信的说法，父亲的衰败与我们为他庆生有关。父亲八十一岁那年，我们全家给他庆生，在镇上的大酒店摆了好几桌。父亲作为全家老少几十口人的长者，身穿红色短褂，显得异常兴奋。奇怪的是，庆生过后，父亲的身体就不大好，经常会无缘无故头晕呕吐。村里人就说，年纪大了可不能随便过生日……尤其是命水薄的，那是大忌。父亲却一句都没提，即便身体一日不如一日，他逢人还是会说起那次庆生怎么地热闹，子孙怎么地孝顺，镇上的海鲜怎么地好吃、怎么地贵……似乎是想先堵住他人的嘴。

我们曾带父亲去县里的医院查过，医生怀疑是颈椎的问题，父亲却对西医十分抗拒，他甚至用充满挑衅的语气跟医生说，他也是草药师——言下之意，咱们不分高下，谁也别蒙谁。从医院回来后，为了印证他在医生面前吹出去的牛，父亲开始着手医自己。他不知道从哪弄来了一本皱巴巴的黄色皮的中药书，坐在门槛上一边翻阅，一边用笔抄录药方。他从地里薅回来更多的青草药，叫得出名字和叫不出名字的，都来不及在天井晒干，直接就塞进面盘大小的铝锅里，舀进几勺井水，开始熬药，从傍晚熬到深夜，浓重的烟雾和草药的味道弥漫全家，久久难以消散。母亲开玩笑说，不用喝，熏都熏好了。父亲确实也有好转的迹象，不知道是真的好，还是一种心理慰藉。那两年，父亲喝下去的草药水少说也有一池塘，光是药水其实不难喝，只是有些青涩，加了蔗糖还挺可口，问题是父亲越喝越上瘾，还老爱往青草药里加药引，比如肥厚的肪膀，熬出来后一层浮油漂在暗绿色的汤水上，看着都饱。

一直到父亲突然去世，我们才知道他的所谓好转其实是假象，或者是他故作出来欺骗家人的伎俩。父亲去世的原因应该是心肌梗死，虽说他那时已经八十三岁高龄，但细想起来，还是我们作为子女的疏忽导致病情的延误，难免竞相自责，尤其是得知父亲可能是有意瞒着我们，一是他怕住进充满消毒水气味的医院，面对冰冷的器械；二来也怕我们麻烦，花钱不说，还得在外地与老家之间奔波……在父亲的葬礼上，我们个个哭得跟泪人似的。

清理父亲的遗物时，我发现父亲的中药书和笔记本上，布满了他两年来的笔迹，抄录着各种医治心脑血管的方子，还有改良——也就是说，从一开始，父亲就知道自己患的是什么病，而不是所谓的颈椎问题。

母亲把阁楼上的青草药都清理下来，以前她最想干的事，真干了却又颇感失落，不舍得把它们扔掉。我说要不熬一锅汤水，全家人每人喝一碗，这事阿丈肯定同意，他在世时最希望我们能喝他的青草药。母亲喜出望外，连忙去父亲的灵柩前打圣杯，顺顺当当，三个圣杯。于是，家人们再次搬出父亲熬药的那口铝锅，摆上灶台，打上井水，再塞进满满一锅青草药，余下的就在底下当柴火烧——也是奇怪，阁楼的青草药刚好能把一锅药水熬熟……家里再次弥漫在浓烈的青草药味里，只是这次闻的不再全是苦涩，还带有草木燃烧的清香。

陈再见 中国作家协会会员，广东文学院签约作家。出版长篇小说《六歌》《出花园记》《骨盐》，小说集《你不知道路往哪边拐》等六部。荣获第七届《小说选刊》年度新人奖、广东省鲁迅文艺奖、深圳青年文学奖等。

香树街的香

（散文）

◎　**钟正林**

窄窄的一条小街，有拐角的那种，老街都是有的，人造的古镇古街大都没有。小向油茶就在香树街的拐角上，香樟为行道树，绿枝荫蔽了小二楼，门楣上有块风雨锈蚀的木招牌，字迹斑驳。我们踏进小街，恰好细雨霏霏，茂叶叠映间浮起蒙蒙，蒙蒙里弥散着激活味蕾的那种烟火味。

喜欢水泥街面被小雨洗过的样子，是那种青砖，那种旧房拆下的老灰砖铺就的街沿，一段时间城市流行过这种风格。街道即街面则是水泥地面，雨洗过后是干净的，铺时拉了线条，密织样，脚踩在上面有踏实的安全感。两排高大香樟荫蔽的小街，真是城市不可多得的景致，在于谁都舍不得拆迁。要是雨稍稍大点，湿漉漉的路面上还有斑驳的树影，清新整洁，美到没法儿说。一路走来，我等的眉宇间越走越疏朗，这才感觉到香树街来吃油茶与三合泥是走对了。

凝目招牌，跨进店里，一张临窗的红亮圆桌，好在之前给老板向妹儿打了电话。同事亮紧跟其后，老远见着的是桌上玻璃瓶里一枝不知名的蓝花花，醒眼。上次我来，好像也插了一枝，不过是紫色的。时尚的玻璃花瓶与老式的土漆圆桌雕花窗恰成时间映画，古老揳入当下，或叫叠映。后来我在想向妹儿是位喜欢深色花的女人，我则喜欢浅色。里间的向妹儿就过来了，看着我们前前后后进来的人说，李妹儿给我带贵客来呱！浓重的川西尾音。闪着腰快走过来的她，一只蝴蝶样欢悦地挪动椅子，请我们入座。

我扶了扶眼镜，可能是刚才的癞子雨，镜片上有一两滴，有些影响视线，平时是要取下擦一擦的，这阵不合适。我看着向妹儿说，几位客人来尝尝传统小食。

三合泥、油茶各四碗，斗是小碗、加油遮呱。向妹儿扭头吆喝。这里人的土话“斗是”，即都是；油渣说成油遮，也是方言口音。

她的卤肉包子的卤肉是自己当天鲜卤的，没色素。我向同事介绍。

这老板地道，不简单！同事娟说出这句话，我就知道她是个吃货，平时喜欢到小街小巷吃小食。

亮与另两位则用眼睛向着我，不明就里。

你们听清楚她吆喝的“斗是小碗”这句话没？娟笑说，你们看墙上的价目表，大碗三合泥、油茶十二块，小碗三合泥、油茶八块。人家并不是不知道李县长身份，同来的人的身份也会估谙得到的，知道并不是给不起钱，而是秉承了节俭习惯，各吃两碗，还有两笼卤肉包子。若是大碗，估计我等多半吃不完，会浪费。好的餐饮店都是要劝大方点菜的顾客，够吃了，够了。为顾客着想，这样的店铺才会长久。

第一次向妹儿把油茶给我送到门卫，高低不收钱，说李县长能吃奶污小店的小食，是看得起呱。我笑着说，你不收我也就不吃了，你端回去。又对她说，以后就喊我小李或李妹子，喊县长啥的，就不来吃了。四十岁左右的向妹儿比我小几岁，性格开朗，哈哈笑着说，那就叫李妹子呱，我收呱。心里想说你该称呼我姐才对，无论如何我都比你要大几岁，但她的几个“呱”字乡音一下把距离拉近了，家乡亲啊，也就无须计较谁是姐谁是妹了，后来我俩就“妹儿妹子”地喊开了。

年轻服务员就热气腾腾地端上来了，头巾摆动，一束乌发于白皙的颈上闪跃。亮老远就皱起了鼻子，娟说里间飘来油茶与三合泥的香，还有糯米面、大米面与猪油渣热搅，橘皮、芝麻、炒面、豆粉拌成糊糊的香，这家传统小吃店地道。

向妹儿又上来一盘拍黄瓜、一盘馓子，现用瓷壶往拍黄瓜上淋了冒气的热红油。拍烂的黄瓜成小块，嫩刺却还在，清清白白的，自带弯，一看就是地道的山黄瓜，山黄瓜拍的黄瓜嚼着清脆回甜，是现在的大棚黄瓜不能比的。看着同事们筷尖上的黄瓜进了嘴里，斯文地嚼着、笑着，发出嘎嘣脆响，我心里生起一种说不出的分享荣誉感。

亮伸手去拿了盘里的馓子。发酵的灰面扭成麻样，划成牛肋巴状，细丝条，放油锅里油炸，膨胀成竹筷粗，熏黄时捞出，就是馓子。我发觉亮是左手拿过来馓子，另一只手一掰，就脆裂为一绺，戳进三合泥里，圆圈式一阵搅和，三合泥热烫的气袅袅浮出，馓子从他手里到了嘴边，他嘎嘣咬下一块，嘴里发出脆响。我们都是有序列地吃，吃完一小碗油茶再吃三合泥；他却是三合泥与油茶同时交叉吃，两小碗摆面前。我是第一次见人把戳在油茶里的馓子拿到三合泥里去蘸着吃的。

娟呢，咀嚼着口里的三合泥与油茶，很是斯文，小口小口地咀嚼，本来三合泥与油茶是适合老人吃的，在口里团就可以了，但有了花生米、有了馓子、有了橘饼，就需咀嚼的。

亮开始话痨，我那阵在农村，娃儿家也想吃三合泥，说过几次，赶场站在旁边看别人吃，流口水，母亲喊几声，才依依不舍转身离去，仿佛看着别人一调羹一调羹地吃，自己吞的口水里也有三合泥味了。我七岁的时候终于吃过一次，是母亲自己做的，做得简单，但我们几姊妹吃得连碗底都是舔了的。吃过五洲八县不少的三合泥，包括北京同仁堂小巷子里那家、美国唐人街小吃街的三合泥都吃过，记忆中最好吃的，还是母亲做的简单的三合泥，还是赊米欠账借了一勺子猪油做的……

亮从两道传统的小食里居然吃出了过去的时光故事。

窗栏上的光线与小店内的热气交织成一层雾态状，亮有些前倾地伏趴在桌沿，身子上的头，在两个小碗间些微地小摆动，相对于三合泥与油茶碗来说，在薄纱似的饮食香味浮起的雾气中居然有些凸。或许是我坐在他侧面的缘故，我想起了两千多年前孔丘的头，民间谣传孔丘就是凸头，大垭口土语蛙额头，还是豁嘴。

娟印花衫衣上的眼睛里闪过一道湿润的光，她接过亮的话，好像二人在表演东北的二人转似的。糯米、大米、黄豆这三种炒制，糯米是最难炒制的，稍不注意就焦了。我们那里的土话，就是煳了吧。

我不能让他俩二人转下去，于是接话道，相对来说，好炒的还是黄豆，圆滚滚，就如直性子的人，即使与人说一句半句不好听的话，过了就没事了，经得起摔打。糯米与芝麻完全不一样，小女人的小性子样，人守在灶台边，稍微分心，与人说着一两句话，它就焦了。所以，糯米与芝麻，要用暗火，不是炒豆子用微火。

什么叫暗火？几双眼睛向着我，我自问自答，就是过去柴灶木材草把菜秆胡豆苗子把明火烧过后的红木炭、红草灰，刨个小坑，把红苕洋芋玉米埋进去烧烤的暗火。把锅映热、映烫、再滚烫的那种暗火。现在没有木炭草把了，都用的天然气液化气或煤炭，火开得再小，却烧在锅底，如何是好！

吞下口里的糊糊，或是嚼碎花生米或油渣的亮继续说，师傅们都聪明，自有对付的办法，虽然比过去的微火暗火火候差些，味道差些，但终究是没炒焦吧，面相上能哄着人的。我们邵阳那边把这种炒法叫捂着炒，不知你们懂不懂？

一桌人略微显出紧张，眼睛也略微大地睁着向着他，就是在此时懂也要表现出不懂的神情了，一副愿听下文的样子。

亮说，民间俗话，捂着炒，又叫捂着搞，还叫烘着炒、烘着搞；就是我刚才讲的，把红木炭与红草灰用灰烬围着拥着捂着堆着。民间的许多龙门阵都与男女事有关，我就不深说，其中的捂着搞烘着搞的荤意。亮脸上掠过轻微的笑。

亮接着讲猪油、芝麻、橘皮、红枣在三合泥中的用法，他说除了猪油，其他是可有可无的，都是后来的好吃嘴们添加的新花样。可是呢，有些东西一旦添上去，就减不了，就如工资涨上去了，还能减下去吗？

娟用调羹，红砂烧瓷那种，与红砂碗是配对的，有一枝细蓝花花的调羹，在红砂碗里搅了搅。

桌上还是亮与娟的二人转。亮接着说，岂不是芝麻与糯米，人守在灶台都炒焦了的事，一定不能闹笑话。都要起身了，亮放下手中的三合泥红砂碗，一丢筷子说了句，工作与生活、为人与处世也如油茶和三合泥，要真味道，切勿半点作假。

我抬起眼眸，油茶店里浮起袅袅薄烟，与木格窗外雨雾生连，心里萦绕着的就不只是人间烟火与这香树街油茶馓子与三合泥的香了，原来传统小食的味道也透着做人做事的品位。

钟正林　中国作家协会会员，四川省作家协会专家库专家。发表小说《斗地主》《鹰无泪》《河雾》等。获第四、第七届四川文学奖，全国都市小说双年展中篇小说奖，《作品》年度小说奖、梁斌文学奖等。

二等奖

【 10 名 】

瓜子中的年味

(散文)

◎ 丁 威

小时候，每逢过年才有机会大吃一回瓜子，瓜子和花生以及糖果都是零嘴年货，瓜子当排在这些零嘴的年货第一位。若在平时，来了客人，一杯粗茶，几根香烟，就能说一肚子的话，话说到了饭点，留住客人，就能喝几杯，饭后，照例是一杯粗茶，几根香烟，这时候，瓜子是上不了谈话的桌面的。

而逢到了年节，各家就都要几斤、十几斤地买了生瓜子，塑料的口袋扎紧了，吃的时候，炒一锅，吃完再炒一锅，一直吃到正月十五，把年气完完全全地送走了，人们才抿抿嘴巴，松动松动嗑瓜子嗑到麻木的舌头。年气走了，一大袋子瓜子也基本上就到了底了。

除夕的晚上，一大家子围坐在一处，吃一顿丰盛又热闹的团圆饭，当然要喝几杯酒，大冬天里的，假如下了雪，假如也正好黑到了透，你吃着热腾腾的饭菜，喝一些暖胃的酒，再说一些红光满面的话，这个年里的味道就出来了。

吃完饭，桌子收净，瓜子、花生、糖果，就上了席面，一碟子一碟子的，堆起来小小的一个峰。一人手里一把瓜子，喝酒喝到了微醺，嘴皮子活泛起来，一句话连着一句话，话与话的间隙里，一个瓜子在舌头间嗑开，仁子留下来，瓜子皮在舌尖上灵巧地分开去，再借着舌头软软的力道，吐出去，一个瓜子就嗑好了，紧接着又一个，一把不少的瓜子数，只不多的工夫，就完了，便又起身再去抓一把，把脑子里的话，在思维里顿一顿，又能说开去，这样一个除夕夜，瓜子成了年味里重要的一个部分。

嗑瓜子是不需要教、不需要学的，每个人天生的，有了牙齿，你给他一把瓜子，他就能无师自通地嗑开了。但嗑瓜子一样是分好与不好的，有的人，嘴皮子尤其活泛，一大把瓜子，只几句话的工夫，就见了底，这样的人，女人居多，这样的女人，又以碎嘴、闲话的女人居多。

年节里，你去亲戚朋友家拜年，一定少不了瓜子，如若没有，简直可以算作不尊重。瓜子的好处在于，不耽误说话，又能融洽气氛。假如去别人家拜年，多半是许久不见，有满肚子的话要说，却一时不知从哪里开头是好，这时候，嗑瓜子便是最好的开场白。一人手里抓一把，没有话，就把瓜子一个一个地嗑，想起来了，嗑瓜子的嘴巴也不用停，话就能说出来，以至于，瓜子皮在地面上窝了一层了，话也早已经在瓜子里说开了，一碟子的瓜子尽了，一年里埋着的话，也差不多说到最好处，可以是无话不谈的了。

瓜子炒到刚好，极香，极有味，但这香和有味又不像花生，花生的香和它的滋味一样，太过大又太过腻，吃多了，再去尝别的东西，仿佛都不再是香。而瓜子不同，瓜子香的好处在于，它的小，一个瓜子炒到刚好，就满嘴的香，但这香也是极小的，一会儿工夫，就淡下去，就由着另一个瓜子把香味续接下去，像是嘴巴里的一场烟火，一个接着一个地开放。

瓜子的好处还在于闲。你实在无事可做，时间成了白开水，你怎么办，顶好的，就是手里有一把瓜子，慢慢地嗑，不慌不忙，一袋子瓜子嗑完了，一个闲散的下午也就过去了。嗑瓜子不费工夫，人坐在那里，脑子完全可以神游，此前此后的事，尽可以在嗑瓜子的时候，去想一个透。舌头到了麻木的地步，人也就从神游里归来，像是醒在一场梦里，更或者，你就完全放空，只嘴巴上一个接着一个地嗑，时间就在瓜子仁和瓜子皮分离的过程中漫过去了，瓜子嗑完了，一地的皮，连同时间，一起扫扫，就能倒掉了。

瓜子的口味现在是越来越多了，以前过年，大多是白瓜子，炒一炒，就很香，现在各家大多也懒得去费这一份炒的工夫，都去买来现成的。口味多，选择也多，有咸味的，有五香味的，有奶油味的，有酸梅子味的……

到了亲戚家拜年，我会拣着咸味的多在口袋里放几把，说着话，到处闲转，就一把一把从口袋里掏着嗑，但是这样的也不能嗑多，舌尖嗑破了皮，瓜子上盐味一渍，就有些疼，所以，就又换一把白瓜子来嗑，这样交替着，就把嘴巴里的味道调节出来了，瓜子味道的丰富性，也就在这交换里，体现出来了。

我在许多书里读到嗑瓜子的，毕飞宇的《玉米》里，开头，便是玉米的娘，生了儿子后，倚着门，手里擎着一把瓜子，慢悠悠地嗑，配合着站的姿势，与眼睛里的神色，瓜子就不同了，嗑出来的倒不是瓜子了，是生了儿子后的那一份傲气。

许多书里妩媚又浪荡的女子，顶好的衬托就是手里的一把瓜子，倚着门，或者倚着树，更好到有一树繁花，花影照在人的脸庞上，忽明忽暗，辉映着，人就有了桃花色，一掐细瘦起伏的腰肢，眼神里顾盼的流水，嘴皮子里那不紧不慢的一下又一下吞吐，将一把瓜子嗑得仪态万方、风情万种，瓜子到了这里，就成了女人的一部分了，又别致，又典雅，又骚情。

还有的大家闺秀，顶好的度时间的物事，就是一碟子瓜子，一碟子梅子，一碗清茶。拿指头一粒一粒地拈着来嗑，不吐到地上，一手拈瓜子，另一只手就用来盛瓜子皮，再小心地收到另一个盘子里，一碟子瓜子嗑完了，梅子交替着吃了几颗，而一碗茶也已换上几次水了，地上却未见一块瓜子皮。这样嗑起来，当然费工夫，但是时间多到一眼望不到尽头，不拿来消耗，又能做什么用场呢？这里面嗑的瓜子，就也不再是瓜子了，成了深墙院落，昏暗窗前的，一段又一段悠长的寂寞。

瓜子有诸多好处，我却不大爱嗑瓜子，看书的时间，喝一杯茶，不耽误时间，如若让我去一边看书，一边一把一把地嗑瓜子，我是不愿意的，一来影响了看书的思路，二来觉得麻烦，最后便两样事情都做不好。与朋友聊天的时候，倒是好的，一边喝茶，一边剥着瓜子，屋檐前的雨，在地面上砸出一朵朵水花，这样的时刻，只让人觉得幸福。

妈妈在院子里栽了一株南瓜，长势很好，结了满架的南瓜，晚上炖了南瓜汤，拌一点白糖，喝得甜而糯，再就着几张油煎的饼子，一盘子凉拌黄瓜，一盘子清炒苦瓜，一盘子辣椒雪菜，就是顶好的一顿晚饭。

这几天雨水很多，南瓜掏出来的子，有了点霉气，等着天晴的日子，一篮子的南瓜子铺在日头里，抽去了霉气，翻炒了，一家子人，就能坐下来，喝几杯茶，说一院子的闲话了。

丁　威　河南固始人。中国作家协会会员，河南省文学院专业作家，鲁院第四十五届高研班学员。著有短篇小说集《月夜的狐狸》，散文集《大河拐大弯》。

荒山野岭的半碗饭

（散文）

◎ **支 禄**

又走了两三里路，太阳成了一只金黄金黄的烙饼，脖子使劲往上伸，跟骆驼的一样长，但无法吃上半口。一张嘴，就喝了一口西北风，又硬又冷，从头顶寒到了脚跟。

一个鬼不下蛋的地方，人，迷路了，火急火燎的，人这坡上来，那坡下去……说鼻子下边有嘴，不知道路就问一下，可连个人影都没，别说人了。

太阳翻山而去，“腾”一下，夜色一个蹦子就从头顶跳了下来。人，又能搁哪好呢？唉！我的个老天爷！肚子饿得老猫样胡抓乱咬呢！

那年八岁，去簸箕湾亲戚家，送了一书包瘪谷，让熬成熟面！娃娃饿得死眉烂眼的实在看不下去了。天亮出发，等从支家庄走到盘套岭时，路，十来条蟒蛇样，盘得曲里拐弯，死活记不起路该如何走！

一筹莫展之时，隐隐约约，旮旯里冒出半个土灰色的屋顶，等于看到了一个大救星！再不能瞎闹了，碰到狐狸轻手轻脚，小心点儿倒无所谓：石头大了绕着走嘛。若遇到狼，牙露得一拃长，奸猾得很，眼皮瞭一下，一口吞下去，连骨头也不想吐出来。

月亮爬上山头，冰冷地望着！心儿跳得咚咚响，月亮肯定帮不了什么大忙。又一想，如果让狼死死地盯上，恐怕再也看不到月亮了！一个鞭炮大的娃心灰意冷：吃屎都赶不上热的。

不敢去人家投宿是有原因的。塬上，缺衣少食，不是我家这样穷，家家户户都这样。出门，一个个跟魍魉鬼样，以为来讨饭，定给些难堪！说不定轰出大门，但不试一试又能去哪儿？

打从小，我自尊心很强，此刻，自尊心顶个屁用。

一个慢坡拐下来，爬上地埂，瞅了一眼，这样的荒野人家应该养狗，咳嗽了两声，不见动静，往前走了百十来米，看到拴狗的铁绳在，狗不知去了哪儿。悄悄咪咪地上去，试着敲门。不来开，大门旁有间驴棚，偷偷地钻进去将就一夜，何况驴棚有门，比荒山野洼可靠多了，天麻麻亮神不知鬼不觉地走人。

唉！一根绳不知不觉间走到最细处了。哭，已经没了好声音。

一时间，头晕眼花，一碌碡砸不出个响屁来，但为求生还不得不鼓足勇气来敲门，声音挤牙膏样，更像一个人捂在被筒里喊话：“有没有人呀!”

喊完话，从破门缝朝里看，一个白发白须的老头，弓着腰从耳房出来，立在院中，竖长耳朵，听着动静，我从小脸皮薄，此刻，心里十五个水桶打水七上八下。

无意间抬头，看到挂在天上的月亮倒是又圆又亮，让谁擦了一百遍的样子！等再从门缝往里看时，老头一动不动，又要折回样!

“有人没?”略带哭腔的声音比先前响亮些。不让进门是一回事，声音小没听见又是另一回事。秃山秃岭，鬼闲着无聊，半夜敲门也是家常便饭。

老头终于听见了，朝大门像要赶紧走，但又赶紧不了，人，上了年纪，手脚就不那么麻利。一到大门，手把门闩，先从门缝朝外看，确定是不是有人。

“爷爷！歇缓一晚，天一亮，我就走了!”

我生来嘴巴甜，蜜抹了一遍，不像吃了石头瓦碴的人，直来直去，一竿子戳到底。

吱扭一声，门拉开了。“哎呀！快进来。天擦黑时，看到像一个人的头顶，在岭头忽闪忽闪的，又像不是，转眼又看不见了!”老头和蔼地说，“前几年，耳朵不好使，这两年，眼睛又不好使了。”

我吊到嗓门的心落了下来!

跟着老头进了耳房，黑通通的，炕墙上，一盏油灯，瞌睡地正丢盹呢！不知从哪摸到陶罐，老头一边倒水一边说：“喝上一口。”

话说完，躬着身，一颠一颠地出去了！

嘴搭在碗边上，一仰头，老牛样一气灌下去，又倒了一碗，咣当一声，又是大半碗。一下子感觉很饿，前胸贴到后背样地难受！

吭哧吭哧，刚才走远的脚步，又往回来折！

门一响，扑哧一声，先伸进半碗饭，然后，人躬身进来，虽然灯有点暗，但隐隐看到满脸沟沟壑壑，布满风霜！一看到饭，略带哭腔地赶紧说："我不吃！"那个年代，黄土塬上的人很穷很穷。家里有一两粒米的，白天烟筒不敢冒烟，等到半夜村子静下来时才偷偷下锅。

连一棵草都心知肚明：半碗饭就是半碗命。不要吃人家的饭，即使饿得眼睛快都不动了。

一直低着头，做错了事样：喝了水，又怎能吃人家的饭？老头硬把碗往我的手里塞："指头蛋大点儿的娃，一口不吃熬不到簸箕湾！"我双手端住碗，紧靠炕沿头，呆呆的，像打蒙的鸡，左右为难：吃还是不吃呢？话停在嘴边，也说不出来，肚子实在太饿了。

不动筷子，老人看来不走。

老人又说今晚月亮很亮，不翻几铁锨地就白白浪费了，天亮走时顺手把大门关上。言外之意，家里就他一个人。片刻，他说："出了大门，沿着右手的蛐蜒小路往沟口走，娃娃走路快，花不了多长时间，碰到一棵歪脖子大柳树就到了。"此刻，我动了筷子，老头弓着腰，慢腾腾地退了出去，顺手扣上门！在门外，不忘嘱咐早点儿睡，碗搁在炕墙上。

狼吞虎咽，几秒钟光景，碗底朝天了！灯，感觉比以前亮些了，一铺席炕，抹了一把，被子补丁摞补丁，枕头是半截蛇皮袋子，芯是草的，头一搁上，压得嘶哇嘶哇地要叫一两声。人，累得快要死了，眼睛一闭，什么也就不知道了！

等再醒来，太阳晒到了尻子上。急忙翻下炕，伸长耳朵，四处静悄悄，一根针落下也能听到响声。大门一关，一溜烟朝簸箕湾的方向赶路了！半路上，感觉衣袋垂垂的，掏出来一看，半个巴掌大的杂面烙饼，像天上掉下来的！看来昨晚睡得跟死猪似的。

如今，我也年过半百，夜深人静之时，我情不自禁地努力回忆那半碗饭，咂巴了半天，死活记不起什么味道。

半碗饭，应是很香很香，可惜只因饿得慌，呲溜呲溜，几筷头子就倒进肚里，弄得到现在也想不起啥味儿，让我惦念不已。如果不促急促忙，就能尝到什么味，香到什么程度，记下一片菜的缕缕香，或者有辣味，红红的，留下火柴划过的一点烫味；或者盐味儿，咸咸的，让我茅塞顿开；或者奢侈到有一丝半点油，一下子让体力大增……在那饿得发慌的情况下，一个个娃娃根本做不到不狼吞虎咽。

什么味道没留下，但是又像什么味道有。

那半碗饭早已融进了一个人的血脉，迈着大步走进了骨头。后来还发现，那半碗饭对我的生活影响很大。

时过境迁，那半碗饭的分量足足顶五六碗过油肉拌面，或邻居给孩子婚宴上的一桌一千五，放在天平上，完完全全把对方压翻。半碗饭的味道有着蓝天大酒店吃过的酸菜鱼，西域海八珍，八月十五小李子请客吃的金钱肉、宫保虾球，还能顶上前几天柏孜克里克路吃的塞上红、架子肉。虽然没见过熊掌、燕窝之类，老天爷呀！难道这些能比上那半碗饭？

生活中，不知不觉一个人走下坡路时，一想到那半碗饭，天无绝人之路，继续昂首前行；一有点小惊喜尾巴上翘，一把压下来；或者手头做的活，准备敷衍了事，一想到那半碗饭，立马米粒大小的活干得颗颗饱满；许多时候，别人摇尾示好，我却能直直地挺起脊梁；或路见不平还敢一声吼，那半碗饭已在一个人的心灵深处来左右一个人……

有一回，从一个村庄去另一个村庄，中间是浩瀚无垠的塔克拉玛干大漠。太阳流火，风在燃烧，天空倾斜，荒凉倒灌。一时间，失魂落魄，猛想起骨头深处藏着那半碗饭，一下子腿来劲了，人直起腰，风沙吹来，打了前胸又乘机砸了后背，浑身上下，一连串地发出铁皮声，原来半碗饭已化成灵魂深处的钢铁，一到紧要关头，长人的精神。

那半碗饭后味很足，足足让一个人提着碌碡打到天上的月亮。

前些年，从新疆回到黄土塬，约了几个人重走从支家庄到盘套岭的那段黄土小路。问老人家过得还好吗？若能吃到那半碗饭，再好不过了。我要站在炕沿头跟前，一点一点地嚼饭，一口一口地喝汤，饭里到底藏着什么，一定要品出个子丑寅卯来。

认认真真地走了一遍，可惜没找到那户人家。

“娃娃把书念成功了，大人也跟着进城了！”

往远处看了一眼，梁儿上有座坟堆，像一个人坐在黄土高坡，望着大山深处云起云落。

支　禄　中国作家协会会员，吐鲁番市诗词协会主席。出版《点灯　点灯》《风拍大西北》《九朵云》等。毛泽东文学院第四期新疆作家班学员。

绝配的滋味

（散文）

◎ **丘脊梁**

我总是怀疑，一些食材的组合与搭配，定然是前世的因缘或命运的安排。它们就像是分离已久的恋人或失散多年的兄弟，相拥与重逢的那一刻，激发和衍生出来的滋味，便胜却了人间无数，直叫人终生难忘。

敝乡平江，位于湘东北的罗霄山山脉西麓。这里的饮食习惯介于湘赣之间，自成体系，一些食材的搭配与烹饪方法，迥异于外面，但味道却鲜美无比。

暮春时节，雨水下得纷纷扬扬，河流沟渠里的水都上涨起来，岸旁水边的野芹菜，因了雨水的滋润，也变得郁郁青青，叶嫩茎圆，看上去水汪汪的，让人莫名地喜欢与怜爱。这个时候，家乡的人就爱做一道能鲜掉眉毛的美食：野芹菜炒鳝鱼。他们选碧青肥嫩的野芹菜洗净，带叶切段；鳝鱼杀好后剁碎；茶油烧热，先下鳝鱼滑熟，然后将切好的野芹菜和捏碎的干红椒倒入，旺火爆炒；最后放适量盐和味精，加清水一小勺，烧开后迅速起锅。这种做法，鳝鱼鲜嫩，肉质紧致滑弹；野芹菜爽脆，茎段饱满肥美；汤汁黄澄澄的，清新可口，鲜中带甜；辣椒鲜红，配上褐黄的鳝鱼及绿色的野芹菜茎叶，色彩缤纷，让人赏心悦目。最重要的是，这道菜弥漫着一种浓郁的特殊香气，两种食材相遇激发出来的味道，完全有别于鳝鱼的其他做法。这当中，既有鳝鱼的鲜香味，又有野芹菜的清香与药香味，还有两者紧紧相拥难分难舍的缠绵味与淡淡的甜蜜味。那种鲜爽到极致的滋味，根本无法描述，只能由兴奋的味蕾去细细品味。

野芹菜与鳝鱼，一静一动，一素一荤，这两种完全不同门类不同种属的食材，为何结合到一起能产生如此神奇的效果呢？我想这一定是因了它们生前长久的陪伴与相守。它们都生活在水边和淤泥里，湿地是它们共同的故乡，它们从小就打成一片，可谓你中有我、我中有你。相同的背景和环境，让它们的体内产生了某种相同的特质。这种特质，可以说是它们的本味，也可以说是它们的灵魂，这是它们天生的自然属性，也是它们接头的暗号与密码。当两者分别之后又意外重逢，密码就能瞬间自动对接，灵魂就像遇到伴侣一般激情相拥。我不知道野芹菜与鳝鱼生前到底是恋人还是兄弟，但我知道它们一定气味相投，堪称绝配，所以在一起时从不违和，只让人感觉自然而舒坦、清新又美好。

我从小就爱吃野芹菜炒鳝鱼这道土菜，我的父亲与大舅也爱极了，他们每次在春夏时分相聚，总是要我母亲炒上一大钵。我与他们一起吃，看到他们吃得满嘴流油满头冒汗满面笑容，全然没有平时的沉重与沉默，便认为这道菜是他们对生活的最高追求，或是生活对他们的最高奖赏。我那时最喜欢大舅来我家了，因为他一来，我家就准能见到久违的美食，以及父母开心的模样。可他来得也不多。我常痴痴地想，长大有钱了，一定要让他们把山珍海味都吃个够。如今我年已半百，不再为衣食发愁，可劳苦了一生的父母与大舅，却都已过早地离开了人间。历经大半生，直到做菜的人和吃菜的人都不在了，我才知道自己对生活的最高追求，其实就是若干年前最简单的相聚与陪伴。

夏天的时候，家乡人又爱做一道与众不同的美味：酒炒叫鸡。酒是本地的谷酒，当然过期的茅台也行，叫鸡就是没阉的公鸡，一般是当年喂养刚刚开始打鸣的，谓为子叫鸡，据说大补。叫鸡宰杀收拾干净后，剁成小块，茶油烧热，倒入鸡肉与生姜片同炒，至断生香味飘出，倒入二两高度白酒，旺火快速翻炒，然后加入清水没过鸡肉，炖煮至熟，调味起锅撒点葱花即可。这道菜做法简单，但浓香扑鼻，鲜美割舌，鸡肉不老不柴，鲜嫩又有嚼劲；鸡汤黄亮清澈，既有鸡味的浓郁，又有白酒的浓烈，真可谓是风味独特、鲜香绝伦。

我一直不明白，家乡人为何要将叫鸡与酒这两种毫不相关的东西搅和到一起，难道是因为它们都有雄壮和刚烈的特征吗？想想也许真是这样。家乡历来有重要节气要吃特定食物的传统，谚云“立夏不吃肉，走路慢悠悠”，又云“入伏一只鸡，一年好身体”，这种集体式的伙食改善或营养补充，其实是焦苦生活年代对自我的一种爱惜与救赎，为的是让生活有一丝希望和亮色，也有一个吃的正当理由——不吃身体就不行，就无法继续从事繁重的体力劳动。伏天吃子叫鸡，看中的就是它的活蹦乱跳和生机勃勃，要的就是它雄性的身份和喻义，而烈酒，自然也代表着雄性，它是男人的专利，瞬间能让人情绪高涨、热血沸腾。家乡人认为，雄性食物的叠加，一如兄弟抱团，定然阳气十足，能让人的身体更加强壮。没想到这两种充满隐喻的食物集合到一起后，不但功效明显，而且还爆发出了令人惊叫的味道。这是食材的绝配，也是兄弟的齐心合力和互相激励。

小时候，我由于身子弱，悄悄吃了很多母亲做的酒炒叫鸡。而比我小两岁的弟弟，因为身体强壮，很少享受这样的待遇。如今我们都人到中年，当年吃了很多美食的人，现在还是多项体检指标不合格，而啥也没吃过的弟弟，依然身强力壮，尽管年近半百，仍在四处奔波，从事着繁重的体力劳动。每每回到老家，他就像母亲当年那样，不声不响地给我做酒炒叫鸡。我享受着记忆中的美味，内心无比愧疚，深感命运不公，更觉自己无能，不能帮助弟弟过上更好的生活，反而常常要回乡沾他的光。唉，兄弟之间的情谊与亏欠，只能用一辈子的时间去慢慢偿还。

时令进入腊月以后，过去家乡人就忙着做两件事，一是解年猪熏腊肉，一是扯萝卜做潮萝卜。腊肉都懂，不解释。潮萝卜似乎只有敝乡平江有这个说法和做法：把园里的本地萝卜扯来后，去叶，用稻草搓成绳，将一个个的萝卜尾巴编入绳中，像一串串巨大的鞭炮那样吊挂在屋檐下，风干后萝卜变得很小，半干半湿，所以叫潮萝卜。潮萝卜怎么吃？似乎也只有一种搞法，那就是在大年三十的晚饭后，把事先洗净泡发的潮萝卜每个切成对半或四瓣，放入老式鼎锅中，与腊猪脚或腊肉骨头同煮，大火烧开后，小火慢慢炖，啥也不用放，一直炖到零点的钟声敲响，一人盛一碗当夜宵吃。这碗菜，香气浓郁，风味独特，既有腊猪脚的浓香，又有潮萝卜的清香；腊猪脚炖得入口即化，不咸不淡，猪皮滑嫩，瘦肉如丝，鲜美可口；潮萝卜遇水发涨，腊猪脚的盐味与香味慢慢渗入其中，清甜里透着鲜香；汤液橙黄明亮，不油不腻，清丽而鲜甜，让人的口腔与胸腔都充盈着一种浓浓的幸福感和满足感。

年少的时候，每当闻到潮萝卜炖腊猪脚的独特香气，我们就知道除夕来了。我们欢呼雀跃，串街过巷，挨家挨户去辞年、拜年。家家户户都喜笑颜开，打发我们糖果，邀请我们吃潮萝卜炖腊猪脚，让人觉得无比温馨和幸福。眨眼几十年就过去了，如今偶尔回到老家过年，发现除夕之夜很少有小孩上门来辞年、拜年，来了也不要糖果，只要红包。至于潮萝卜炖腊猪脚，自从村庄里的老班子离去之后，已经没有人劳神去做这个费时费力的美味，各种进口水果摆在那都无人吃呢，大年三十，谁还惦记那碗潮萝卜？细想起来，当年除夕夜吃碗潮萝卜炖腊猪脚当夜宵，其实是物资匮缺，迫不得已，哪有什么幸福可言。

美食如佳人，全靠巧搭配。家乡食材绝配的食物还有很多，比如苦瓜炒田鸡、牛肉炒萝卜丝、泥鳅煮挂面等等，都风味独特、滋味鲜美。其实，世间的每一种食材都有各自的魅力，但家乡的人们将它们巧妙地融合到一起时，便碰撞和创造出了无数种令人难忘的经典滋味。

我一直想知道，到底是谁最先发现了食材之间的那些秘密，家乡的人却无法说清，只知道祖祖辈辈就这么流传下来的。可为啥别的地方又从来不这样做呢？难道是它们没有发现或者无法接受？我觉得这本身就是一个秘密。这个秘密，也许就是故乡的秘密。

我只能说，每一种食物，都有属于它自己的灵魂；每一个灵魂，都有它忠贞不渝的伴侣；每一个人，都有他心灵的故乡，来陪伴和温暖自己的灵魂。

丘脊梁 中国作家协会会员，湖南省小说学会理事，湖南省散文学会理事。出版有小说集《沿着一条河流回家》《地下的辉煌》，散文集《锋利的预言》等。曾获第二届湘江散文奖、第二十九届梁斌小说奖等。

灰豆腐果子简史

（诗歌）

◎ **冉小江**

白净的豆腐，要和草木灰一起熬制
取火为信号，晨雾穿过早起的牛羊
溪水里的倒影有些模糊，像草才抬头
母亲才松开双手，那时温度刚好可以翻炒
像拿捏我们的秉性一样，她要一粒一粒地捡起
委屈和心酸，每一次用秤杆计量
都有些偏颇，刚刚好那几次
又引来质疑。我对篮子这样的物事深有感触
它在盛物上没有话说，可它历年赶集

好几次说好的，往往都有些亏空
我们总是从里面拿出一件又一件，它们的颜色和用处
甚至母亲看我们的眼神，要是灯光不好
我们还误认为她在流泪，只有我们读书时
她才露出笑脸，那双黑色的手
摸一摸门闩，又摸一摸烛台
她要去把那盆黄豆，点成一锅豆腐
清清白白的，不管夜色多么浓稠
她捶打腰杆的力度，总是会传出去很远

冉小江　土家族。作品发表于《人民文学》《诗刊》《十月》等。

泡菜呼吸

（散文）

◎ 羊 亭

四川人对泡菜情有独钟。好比绍兴万物皆可酱，我们这里一切皆可泡。青菜、豇豆、水心萝卜、子姜、青红椒最为常见，当然也有竹笋、黄瓜、苦瓜、蒜薹、洋葱之类，更有甚者泡菠萝、苹果、雪梨，这就很奇怪了，到底是泡菜还是泡水果？近些年，泡椒凤爪备受青睐，小到摊点，大到酒店，都可以吃到这道美食。野山椒盐水加新鲜柠檬片，将熟鸡爪泡上几个钟头即可，酸辣爽口，柔韧Q弹，可零食，也可下饭，其灵感便是从泡菜那里得来。

家家户户一年四季都在泡泡菜。如果谁家没有一两坛泡菜，主妇是不称职的。泡菜每家都有，做法大略一致，味道却各有不同，或偏酸或偏咸或爽脆或绵软。其实泡泡菜简单到小孩都能做，无非准备好坛子，凉水加盐倒入坛中，然后往盐水里放菜。但世上有许多事正因为男女老少都能做，反倒最讲究技巧。坛子的密封程度，盐和水的比例，菜清洗得干不干净、放多少、怎么搭配，一切都须拿捏得恰到好处。如果泡菜发酸，则适当加盐；如果起白花，则加白酒杀菌；如果发软有异味，则当心密封性不好，该把坛沿水加满了。

泡菜之优越，在于夏菜冬食，冬菜夏食。然而，实际不过是一种无计可施的自我安慰。以前条件差，要长时间保存好蔬菜瓜果不易，唯一的办法，只得选几个大小相宜的菜坛一泡了事。泡菜在盐水里静静发酵，像睡着了一般。有的觉浅，如萝卜、黄瓜、莴笋、芹菜，一夜醒来，就急切地跑进碗盘，任由人们调和寡淡粗糙的一日三餐。有的睡眠很沉，如青菜、大头菜、生姜，十天半个月了还赖着不醒，伸个懒腰，翻个身，继续心安理得地呼呼大睡。

但我自小对泡菜没什么好感。试想一下，早上泡菜下玉米糊糊，中午泡菜下稀饭，晚上吃面条，掺一块切碎的泡青菜，不加菜也不放盐。天天如此和泡菜打交道，换作鱼翅鲍鱼，也会把人吃腻。小时候，我很长一段时间住在外公外婆家，对泡菜的最初记忆，也是从那里开始的。

当时外公已经上了年纪，身上有很重的老人味。每天给我喂饭，他会先把泡豇豆咬成一厘米左右的一截一截，然后一口饭一口泡菜喂进我嘴里。老人味和泡菜味掺杂一起，混淆了嗅觉味觉，让我一度以为泡菜味就是老人味，老人味就是泡菜味。我喜欢外公，他是个风趣幽默的干瘪老头，缺了门牙的嘴巴里有那么多稀奇古怪的故事，抽一口叶子烟，变戏法似的吐出圆圆的烟圈或细长的烟线，可我不喜欢他满身的泡菜味，不喜欢黑黄的牙齿将泡菜碾碎，吐出来，漫不经心地喂给我吃。外公一天比一天苍老，他身上的泡菜味也一天比一天重。再过几年，他不会变成一块酸掉牙的泡萝卜吧？

好的是，这种魔幻的假想永远不会成为现实。不好的是，外公越来越瘦削，越来越多的皱纹在他脸上肆虐，一口叶子烟，一团浓重的烟云，烟云散去，皱纹又多了些。他开始剧烈地咳嗽，呼吸粗重，胸腔发出细密的沙沙声响。每顿饭后，他都要吃几粒治疗肺气肿的白色药片。他吃药不喝水，而是先把药含嘴里，不紧不慢地嚼半块泡菜，和着药一口吞下。那年冬天，在一场雪将落未落之际，外公病情加重。他躺在床上，瞪大双眼，张大嘴巴，他已经没有力气咳嗽，只想让喘息更平缓些，然而每艰难地呼吸一次，都仿佛有张砂纸从他体内无情擦过。苦熬了两天，他无力地吐出最后一口气，缓缓闭上眼睛，嘴巴却仍然张得很大。

一天晚上，我和外婆刚上床没一会儿，泡菜坛突然咕嘟一声，安静了片刻，咕嘟，咕嘟咕嘟，像有人揭开坛盖，复又轻轻盖上。

“是你外公回来了，”外婆说，“这声音和他抓泡菜的时候一模一样。”她侧过身，脸朝外大声喊：“你又想吃泡菜啦？吃吧吃吧，前天刚泡的莲花白，还有儿菜，都是你喜欢的。吃了记得把坛盖盖严，别跑气了。”

我被外婆如此自说自话吓到了。外公以前讲过，人死了变鬼，鬼的种类奇多，但无一例外都凶神恶煞、形貌可怖。我往被子里缩了缩，紧挨着外婆瑟瑟发抖。那一刻，我不单对泡菜没有好感，对泡菜坛也避而远之。作为一个媒介，哪怕只有一丁点动静，也能让我浑身一颤。

外婆问："你害怕？"

我蜷缩着身子不说话。

"怕什么？"

"怕鬼，怕……外公。"

"外公有什么好怕？活着是你外公，死了还是你外公。外婆有一天也会死，人老了都会死。从古到今死掉的人比活着的人多得多，你怕得过来吗？"外婆轻抚着我的脊背，无限怜爱地宽慰我，"瓜孙儿，莫要怕。亲人死了不会吓你，也不会害你，只会保佑你。要是怕，你就想，那是泡菜在呼吸。"

外婆说，以前的日子苦啊！没日没夜地劳作，收成却连吃顿饱饭都难。每餐都是清汤寡水，要是没有泡菜，如何对付饥饿敏感的肠胃？外公忙完田间地头的农活，擦黑又去河边割草，喂一头和他一样苍老的水牛。亏得有那头水牛，犁遍了生产队的地，庄稼得以及时顺利种下。累了，外公从泡菜坛里夹一块酸萝卜，能下二两烧酒。他也给水牛喂泡菜，泡菜盐分足，水牛吃了才更有力气耕地。我的心渐渐平复下来，仿佛看到外公正笑盈盈地夹泡菜下饭，把一碗稀饭喝得山响。泡菜坛离床不远，能闻到淡淡的泡菜味，即便如此，我也不再害怕，睡得踏实而安稳。

清明节给外公上坟，我们备齐了刀头肉和水果，焚香烧纸的当口，有人提议，要不要给他点一支烟。外婆说："生前抽烟抽成了肺气肿，死就死在烟上，还不吸取点教训。烟就算了，依我看，下次祭拜可以给他带点泡菜。"我们都觉得外婆的主意好，同时为外公苦难节俭的一生感到不甘。

日子一天天好起来，终于不用再为吃发愁了，饭桌上的菜肴越来越丰盛，吃多了油腻的东西，我反倒越来越惦记外婆做的泡菜。外婆做的泡菜色泽鲜亮，黄灿灿的从不长白花，味道酸香脆爽，透着淡淡辛辣。从坛子里抓几块，切成小段，用红油辣椒一拌，就是世上最好的下饭菜了。这样的泡菜下饭，我能比平时多吃一碗。

见小辈们真心喜欢，就像是对她劳动的最大褒奖。外婆哼着小曲，兴冲冲地忙前忙后，泡菜坛子叮当作响，仿佛也在欢快地唱歌。泡菜在坛子里呼吸均匀，咕嘟，咕嘟，咕嘟咕嘟。每次去外婆那儿，除了吃她给我们打牙祭炒的腊肉、花生、红苕片，走的时候，必带一两罐泡菜、腌菜。泡菜在玻璃罐子里也呼吸均匀，咻咻，咻咻，咻咻咻咻。不待睡醒，就囫囵进我们的无底洞。

外婆也老了，身上渐渐有了老人味，我暗自担心。一闻到她身上和外公当年一模一样的气味，就无比期待她老人家身体硬朗，期待我们有源源不断的吃不完的泡菜，期待最担心最害怕的那一天永远不要到来。

但有的时候，你越担心什么就越来什么。外婆长期患有慢性胃病，那段时间，她老是打嗝、烧心，却没当回事。直到胸口阵痛，逐渐加重，才去医院。一检查，竟然是食道癌晚期。我们压抑着悲痛，表现得若无其事，希望隐瞒她的病情，能延长她的生命。外婆好像有预感。家里的菜坛已经够多了，她却又买回三个更大的。地里的时蔬通通泡进坛子，她还嫌不够，跑了两趟集市，把几个坛子塞得满满当当。外婆说："这下够你们吃好长时间了。"

外婆的身体每况愈下，食欲越来越差，消瘦得不成样子。最后的那些日子，她什么也吃不下，全靠输营养液维持。那天她突然说好饿，想吃玉米糊糊，想吃泡菜。医生告诉我们，泡菜里有亚硝酸盐，吃进肚子产生亚硝胺，致癌。她这病，说不定就是以前长期吃泡菜吃的。不过都这个时候了，就满足她老人家吧。可当我把玉米糊糊和泡菜送去，外婆却先一步走了。

在家人的耳濡目染下，如今我也学会了泡泡菜。有时我望着泡菜坛发呆，希望它作为一个媒介，能够传递点什么。泡菜发酵需要些时日，我耐心地等待着。一天晚上，泡菜坛终于发出咕嘟声响，像有人想揭开盖子。我的鼻子酸酸的，个中滋味，只有从小吃泡菜的人体会得到。我心想，到底是泡菜在呼吸，还是外婆回来了？

羊　亭　四川三台人。中国作家协会会员，巴金文学院签约作家。出版有长篇小说《青春祭》《蓝山》，短篇小说集《痕》《瀑布》。

我就嗅一嗅味道

（散文）

◎ **余一鸣**

我四十多岁才调进南京城一所学校上班，我们的办公室里有一大帮小年轻，我习惯上班的第一件事是泡茶，年轻人上班的第一件事是泡咖啡。对咖啡这个洋玩意，我一直有抵触情绪。我上大学的时候，流行一支小曲《美酒加咖啡》，班上几个时尚分子常挂在嘴边。我曾在咖啡店尝过一次，苦，从此我远离这种饮料，并鄙视喝咖啡的人，装什么呢。有男生启发我，喝咖啡得加上“咖啡伴侣”才有味道，我明白了，他们喝咖啡是为了喝“咖啡伴侣”，说白了就是为了找“伴侣”，故不惜忍受口中咖啡之苦。在办公室闻咖啡闻得久了，有一天我在办公室独自加班，总觉得少了什么，原来是少了咖啡的味道，于是，我在茶水间泡了一杯咖啡，放在办公桌上，不喝，心神已定。

年龄大了，在异乡多年不联系的发小和同学联络频繁了，抱团回老家的次数多了。在老家聚餐，有一道菜是必点的，烂腌菜盐水炖豆腐，雅称“千里香”，其实是贫困年代，腌菜吃完后剩下的盐水二次利用，豆腐属奢侈品，大多数时候，筷子蘸点咸水就可下饭。我在县中读书时住校，很多同学带的菜就是腌菜盐水，一小罐够吃一个星期，每当开饭，宿舍里臭气熏天，我只能掩鼻而逃。我父母是教师，有固定工资，而且我父亲是外地人，我家的饭桌上一直没有这道菜。现在回老家，聚餐时这道菜是必点的，而且最受欢迎，理论依据是具有丰富的维生素、矿物质、膳食纤维等，可增加胃酸分泌，润肠通便，正是我们中老年人群所需。每当这道菜转到我座位前，我就迫不及待地推移转盘，我还是没办法接受它。高中毕业四十周年，我们重返母校，从当年的宿舍楼出来，然后到学校食堂聚餐，大家总觉得餐桌上少了什么菜，我第一个喊出来，烂腌菜盐水炖豆腐，今天必须上。自那以后，我在老家上饭店，总要点上这道菜，我不吃，我只是嗅一嗅。

我外公只有我母亲一个孩子，我的童年时期是在外公外婆家度过的。我的外公在村子里以能干闻名，犁地、罱泥这些难度高的农活他干起来得心应手，插秧割麦子不仅速度快，而且身上的衣服不带一个泥点。他还是方圆几十里内最厉害的拳师，庙会或者年节前常有人登门请他去做拳术指导。在我的印象中，外公最喜欢做的一件事是喝酒，每天晚餐喝一小碗，哪怕只有几块锅巴或者几条萝卜干下酒，外公也乐此不疲。外公喝酒却不贪酒，一小碗酒喝完，抹抹嘴便捧起饭碗，在我小时候的记忆中，厨房里有酒香飘出来，那就是召唤我吃晚饭了。在那个时代，我外公哪来的钱买酒喝？他自己酿酒。外公说，他年轻的时候在地主家打长工，老地主贪酒却小气，每年请酿酒师傅来家中土法酿酒，外公偷偷地学会了。外公自己用的酿酒原料是红薯，正经的粮食太贵重，他用不起。他的工场就在自留地的角落，泥巴土灶，灶上是一口大锅，锅上有一个铁管嘴子，酿好的酒气就从那嘴子里涌出来，流进一个泥巴封口的陶瓷罐。外公酿酒那两天吃住就在他的工场，那两天我家的厨房就没有酒香味。外公做拳师，偶尔也有人给他送酒，都是供销社柜台里才有的瓶装酒，酒瓶上贴着花花绿绿的标签，外公平时不舍得喝，来客了才会拿出来。作为爱酒之人，外公有他的理想，外公在酒桌上常说，什么时候咱能喝上茅台酒，我这辈子也没什么遗憾了。我那时已上小学，就问他茅台酒多少钱一瓶，外公说八块钱一瓶，我便不敢吭声了，我攒的压岁钱离八毛都远着呢，我打算等我挣钱以后再给外公买茅台。

外公喝酒从来不让我沾酒，这很奇怪，我的朋友中有人说，他的酒瘾就是小时候在筷子尖上培养出来的，大人喝酒，让孩子用筷子点一下尝尝。外公从来不跟我玩这样的游戏，外公说，粗人才喜欢喝烧酒，一天的力气活干下来，腰酸背疼，火一般的烧酒追过去，筋骨马上松懈，人就舒畅了。他认为，我的父母都是教师，我将来肯定也是个书生，烧酒不适合我。他不知道，他的外孙长大后确实成了文人，在宴席上总有劝酒的人说，李白斗酒诗百篇，作家咋能不喝酒呢？外公，我怎么办？我就端起酒杯，说，我嗅一嗅酒香吧。等到我有了一点阅历，我明白这世界不仅有身体的劳累，还有心灵的损伤，文人也需要一杯烧酒慰藉时，我依然坚守着外公的嘱咐，不沾酒，我只嗅一嗅。外公在我结婚前溘然去世，我没来得及给他买一瓶茅台酒，我那时刚工作不久，茅台酒再怎么涨价，我当时的工资也一定够买一瓶。这是我不可原谅无法挽救的疏忽，我总以为外公能活很久很久。我以我自己的方式向外公致歉，每逢酒场，我只嗅一嗅杯中的白酒。

文人与酒在每一个时代都有着千丝万缕的联系，最有趣的一种现象，当下很多文学奖都是由酒厂赞助。2012年，我的中篇小说《不二》获得了《中篇小说选刊》全国优秀中篇小说奖，颁奖典礼就安排在安徽一家著名酒业公司，主办方安排我们参观古老的酒窖，并让我们几位获奖者亲身参加了送料车间的劳动，过后，我们每人获得了一小瓶白酒，酒瓶上贴着我们在劳动场景的照片。那是我第一次嗅到广阔的酒香，如果说一杯酒的酒香等同于一朵花的花香，那么，我在酒厂就相当于走进了一个鲜花怒放的大花园，不由得你不陶醉。

2023年，我的长篇小说《十竹斋密码》获得人民文学奖长篇小说奖，颁奖典礼是在四川一家酒业集团举行，我又一次获得了参观酒厂车间的机会。那车间长方形，十分宽广，刚走进去，我就几乎被袭来的酒香袭晕，我站稳脚跟，久久徘徊，一个人落在参观队伍的后面。我有一个奇想，我想脱下鞋袜，赤脚踩一踩酒糟。但我不能那样做，我的脚没洗干净，脚臭，是对酒香的玷污，我心有不甘地走出了车间。那家酒企就在赤水河畔，离茅台镇应该很近了。

我有一个隐秘的夙愿，那就是能走进茅台酒厂的车间，嗅一嗅茅台酒的酱香，这不仅是我的愿望，其中承载更多的是我外公的愿望。2011年，我获得了《人民文学》年度小说奖，小说奖冠名“茅台杯”，我以为有机会走进茅台酒厂了，但那一届颁奖典礼是在北京举行。酒宴上，一位茅台的老总说，我可以负责任地讲，今天的茅台酒绝对是真酒。我低下头，嗅了一下杯中酒，真香。我相信了那个关于茅台获巴拿马金奖的传说，摔破的酒瓶中流出的酒香征服了评委们。

获奖是开心的事，但没能走进茅台酒厂，是我心中的遗憾。我坦率地承认，参加这届“贵州大曲杯”的征文，我最大的动力，是盼望获奖，获奖后能有机会去嗅一嗅茅台厂车间的酱酒香。

我的心中隐藏着一种迷信，倘若你喝咖啡，你就嗅不出咖啡的真香；倘若你吃了“烂腌菜盐水”，你就失去了对“千里香”的领会；同样，假如有一天我也学会喝烧酒了，我就会忘却我人生中的歉疚和痛切。

我只愿意，用我的嗅觉体会人生，认识大千世界。

余一鸣　江苏省作家协会特聘作家，南京市作家协会副主席。出版有长篇小说《江入大荒流》《十竹斋密码》及中短篇小说选十七本。曾获人民文学奖、江苏省紫金山文学奖等。

唐诗街58号，杜甫酿造博物馆[①]

——公元759年，从秦州到成都：杜甫的味觉记忆

（诗歌）

◎ **张进步**

当秦州的群山自地平线上升起
你想象了很多好吃的东西
栗实。薯蓣。岩蜜。冬笋。以及
仙酿一样滋生的山泉。而
所有这些东西都长在虚构的荒林山崖间

---

① 本诗是《唐诗街（组诗）》中的一首，“58号”“酿造博物馆”，都是虚构的说法。

可当你咬开第一颗橡实
我的味蕾就改观了，滞涩和饥饿的记忆
开始变形，你拥有了荒野的形象
一只瘦鸟在哀哀啼鸣：食物
我们永恒的乡愁。循着这个方向
你也和那道山溪一样
流淌，终于流向一个
俗世的短暂乐园。在那个多雨的盆地
你迫不及待地垒起灶台，栽下果树
并向南邻的老翁学会了酿造
正因为这酿造，让你开始发酵
这发酵甚至包含了
一切生活中的一切可能
让你终于也成为美酒，成为甘泉
成为一条江河在广袤的时间里发出声音

张进步　中国作家协会会员。出版诗集《那天晚上，月亮像一颗硬糖》《坐在无限星河之底》《我，一个驾驶蝴蝶的人》三部。著有小说集《鼠辈》等。

酒能牵魂

（诗歌）

◎ 牧　青

一边打铁，一边啜酒
这个彪悍的汉子
就这样，打了几十年农具
把身上一块块饱满而结实的肌肉，几乎都打成铁了
他说，酒能生火，能让砧上的老铁变成柔软的彩云

在他的铁锤之下，所有铁件都像武士被打通了经脉
轻轻一试，就能破开眼前板结的生活
有时在深夜，那些如弯月的镰刀

还能照亮远行人模糊的前程

把一堆堆毛铁锻打成器，成了一生唯一的使命
每件成品卖出去，就像嫁出一个漂亮的女儿
渗进铁具的一滴滴汗水，长出的锈斑
就是种入钢铁的一簇簇花朵

打了一辈子铁，其实每天打的都是自己的命
五十岁那年的冬天，他耗尽所有力气
一锤下去，漫天大雪，继而一个踉跄，栽倒在地

醒来，他将一杯酒，一饮而尽，然后
喃喃自语：这熟悉的味道，就是生活的原汁原味
吞不下其中的苦与辛，就体会不到人生的甘洌与沸腾
要不是酒牵住了我的魂，我怎么能——起死回生……

牧 青 20世纪80年代开始写诗，中途中断二十多年，2011年重新提笔写诗。作品主要发表于《星星诗刊》《青年作家》等。

前院后院抓母鸡

（散文）

◎ **秦锦屏**

当香气四溢的佳肴摆上桌，几杯美酒下肚，秦先生把话匣子也打开了。

他说，与爱人结缘，源于一张餐票。

彼时，他们同在省师范大学求学。中午下课铃一响，饥肠辘辘的同学们抓着饭盆，争先恐后飞奔至食堂门前排队。眼看要排到打饭的窗口了，排在他前面的女同学突然沮丧地说：“呀，急匆匆的，忘记带饭票了，你先吧。”说着要退出打饭队伍。

秦先生腰杆一挺，手一拦：“别走！不就是一张饭票吗？我有。给！”

言罢，将二两餐票递给了这位常见面但毫无交流的同级学妹。此前，他只知道这个学妹是隔壁班上的宝贝——语文高考女状元。一接触，她原来不仅学业优秀，还是个很重情义的人。这不，黄昏时分，女状元就来还饭票了。秦先生说啥也不肯要。虽然作为学生的自己当年并不宽裕，但他非常乐意当一回雷锋。但女状元却是个格外认真的人，一张饭票夹在书里，在两人手上推搡了几个来回，还是没有结果。女状元急了："那好吧。下次，我给你的礼物，你一定要收下。"

她真是个言出必行的人。周末归校后，女状元找到秦先生说："这是我妈亲手做的家乡菜，你一定要尝尝。"说罢，也不等秦先生回应，转身跑开了。

秦先生手捧一大一小两个"圆溜溜"，心里擂起了欢乐的鼓。

待女状元一溜烟小跑的身影不见了，他才按捺住心口那种莫名其妙的颤抖，小心翼翼地拧开第一个圆溜溜——用吃过罐头的玻璃瓶装的腌酸菜。见四下无人，他蹲在墙角，迫不及待地用手指头钩出一根红透了的菜条细嚼，霎时，酸辣齐涌舌尖，咽下，只觉得喉咙热烘烘，发根汗涔涔，好吃归好吃，辣得想跳脚。为遏制辣味，他毫不犹豫地打开了第二个圆溜溜——一枚绿皮的鸡蛋（其实是鸭蛋）。"啪啪"磕破蛋皮，他眉头一连皱了几皱，内里犯了嘀咕——她为啥送我一个臭乎乎的"坏蛋"！这个文科女状元是有什么隐喻吗？

连续几天，秦先生心中惴惴不安，又不敢去隔壁班问个明白。还是女状元来找他了，问："味道怎样？好吃不啰？"

秦先生也是个爽快人，几天的心结冲口而出："你咋送我一个又黑又臭的坏蛋呢？我扔了。”

“啊！”女状元瞪大眼，吃惊地望着他，“真的扔了？那可是少见的松花皮蛋啊！”

“唰”一下，几天前没有辣出门道的汗，密密麻麻渗出了秦先生的发际线。

女状元一下子被他的窘态逗笑了，安慰说：“没得事，以后喊你去我家里耍！”

他原以为这是句客套话，没想到，一来二去随着两人的熟络，这句话就成了双方内心里一个热切的期待。

这一天，终于来了。受到女状元的邀请后，秦先生特意把自己“武装”了一下，无非把旧衣服洗干净，头发做了个三七分。等到了柏家后，才知道这是一家多么淳朴厚道、一见再不能忘记的人。

全家人将秦先生奉为上宾。女状元的妈妈——柏姨，手执菜刀，系着围裙，前院后院狂追一只芦花老母鸡，直追得它“上蹿下跳”，体力不支……成了盘中餐。

男主人——柏爹爹，额上缠着布帕，腰里别着旱烟袋，背起手，大声吩咐两个儿子都围到桌前陪客。两位大哥，轮番端起自家过节也舍不得喝的美酒，一杯一杯敬贵客。秦先生虽不胜酒力，可也不忍辜负美意。在主家的左劝右请中，饮尽一杯又一杯美酒，喉头这把“锁”一旦打开，心头的火就砰地点燃了，心头的火苗一蹿起，他便百感交集，眼潮耳热……

就是在这个时候，他听到火塘边飞起了歌声：“三天不吃酸，走路打罗圈哎，酸溜溜的汤哟，酸溜溜的郎，酸溜溜的郎哟听妹唱，三月槟榔不结果，九月兰草无芳香，有情山泉变美酒，无情美酒变酸汤……”

当天夜里是如何睡下的，不记得了。蒙眬中，他一翻身，窗边，圆圆的月亮，亮汪汪地照着大地，照着这户家境并不宽裕但热情善良的人家。

第二天，秦先生晃悠悠地起床。刚洗漱完毕，就听见柏爹爹喊：“小秦，过来坐。老大，老二，酒杯摆起……”

像打组合拳一样，屋里话音一落，屋外，又一只老母鸡张膀子扑棱着满院乱“飞”，在它身后，又是手举钢刀、气喘吁吁的柏姨。秦先生起身急了，一阵晕眩，便靠着门板说：“不要杀鸡了！昨天的酒还没有醒，今天简单点儿……”

两双热情有力的大手把他拉回了原座。立刻，他的耳后响起了干脆快活的声音：“哈哈，老子把它逮到了。不杀鸡哪个待客嘛，哪个下酒嘛……”

秦先生不安地起身、搓手，还未想好如何表达谢意，两双大手左右一起按住他，又一个响亮的声音在他耳畔说：“丈母娘爱女婿，前院后院捉母鸡！鸡都杀了，哪个能不喝酒？喝起，粮食酿的酒，霸道得很！”

“倒起！……端起！……整起！”

也不知是大哥还是二哥在喊。

立刻，“乒乓”碰碗，酒香四溢……蒙眬醉眼中，他看见火塘边的女状元，面色酡红，往吊耳锅下添柴，锅子肉香阵阵，炉火红红旺旺，明亮眼波闪闪。

“当年，我就是在酒香中，怦然心动的……”

秦先生回忆的话音一落，在座的诸位立刻笑声和酒令一起“开闸”！

“原来你是因为一个松花皮蛋被女状元引到贵州来的！”

“这个‘坏蛋’的故事，很有意思！”

“还是丈母娘好啊，前院后院抓母鸡！……丈人也好呀，美酒滴滴敬亲人!”

秦先生端起酒，又放下：“当年，老丈人，我的两个舅老哥，加我，四个人，一瓶白酒到桌前，杯杯见底不服输，一划拳，我就醉了！……”

“你不会醉的！”

“醉了，醉了，早就醉了！”

古道热肠，投桃报李，开门迎客，杀鸡佐酒……从初见的陌生到相守的甜蜜，从味蕾的震颤，到灵魂的慰藉，秦先生从原汁原味的生活中出发，在日新月异的生活中长醉，至今未醒哪。

今朝的座上宾，听贵州女婿讲贵州往事，品味着滋味独特的腊猪脚、酸汤鱼、折耳根、叶儿粑，在推杯换盏中，也醉意渐浓。

秦先生讲述的贵州故事，有情，有义，有酒。

我们听到了美酒飘香、烟火四溢的小康故事。朋友来了有好酒，敌人来了是猎枪！醇香的美酒，敬天敬地敬朋友，人情越来越厚，生活越来越美，正如这丰盛的秋宴，一点一滴都是生活的滋味。

醉吧，朋友！斟满酱香，斟满情谊，斟满热爱，斟满祝福，让山也醉，水也醉……我见青山多妩媚！

秦锦屏　诗人，大学客座教授。广东省文化和旅游厅签约剧作家。出版有小说、散文、诗歌十部。

那年，那块猫鱼豆腐

（散文）

◎ **湛鹤霞**

我出生那年，爸爸正式拜了一位师父学治蛇伤。

生活在鹅形山下靠山货维生的乡亲们，有两样技能是必不可少的：喝酒和治蛇伤。山里坟多蛇多，喝酒能祛风湿壮胆；治蛇伤能救命。

爸爸拜的师父是杨满爹，当年五十多岁，贵州人，当兵打仗到了鹅形山，被炮击中了一条腿，不愿意回家乡，就在我们队上扎了根。杨满爹擅治蛇伤，更擅酿酒，凭着这两样本事，在队上备受尊重。对于酿酒，杨满爹从不提及，因为队上有酿酒师傅，还有酒坊；但对于治蛇伤，杨满爹公开收徒。队上每年都有人被蛇咬，虽然队上有个郎中，但人命关天面前，由不得他来半分谦虚。

杨满爹虽医术好，救人无数，却命运多舛。某日，他两指捏着一条眼镜蛇的头，准备取蛇的毒液，那蛇奋力挣扎，狠狠一喷，一线毒液直射入杨满爹的眼睛。杨满爹的蛇药有十多种，但没有任何一种是针对眼睛的，徒弟们只能眼睁睁看着师父双目失明了。

杨满爹无家室，双目失明后，只能靠徒弟们轮流照顾。我爸是杨满爹收的最后一个徒，从师时间不到一年，我爸说："师父，反正，你冇崽，我爹又不在了，以后，你就住到我家去吧。"杨满爹不肯。其他徒弟也纷纷来接，杨满爹统统不肯，他就只肯住在熟悉的老屋里，摸摸索索度余生。一日三餐哪里来？徒弟们轮流送。

那时候是1978年。那个年代，能有什么好吃的呀！杨满爹在队里有三十个徒弟，刚好一月每家轮一天。轮到给杨满爹送饭的日子，便是我家的节日，爸爸清早就去食品站称肉，揃豆腐。那时候，除了肉，最客气的菜便是豆腐。我家如此，家家如此，时间久了，杨满爹就察觉出来了，他说："餐餐有肉有豆腐，哪里来这么好的生活？我不愿意成为你们的负担！"

杨满爹很犟，我们送的饭里再有肉，他就不吃菜，只吃光白饭。

我爸问："那我搞什么菜给你下饭？"

杨满爹说："一块猫鱼豆腐就足够了。"

"猫鱼豆腐"，是我们湖南人称呼"腐乳"的土话，至于为什么要如此称呼，没人懂，是老祖宗这么喊下来的。在我们队里，生活不管多拮据，家家户户都有一个装猫鱼豆腐的瓦坛子，饭桌上一年四季都有一个猫鱼豆腐碟。猫鱼豆腐的味道，主打一个“咸”，其次便是“鲜”，豌豆大一坨猫鱼豆腐，足可以下一碗饭。这是属于劳动力吃的专属菜嘛，土而贱，没有谁家会用猫鱼豆腐待客。

全队唯独我家没有猫鱼豆腐。做猫鱼豆腐是女人的专属活儿，但我家奶奶去世早，我妈妈又太年轻，根本没学过。杨满爹要吃猫鱼豆腐，怎么办？

我妈说：“我去找别人家讨两块。”

我爸说：“讨一次可以，总不能次次讨。”

于是，趁着季节，我妈又拜了一位娭毑为师父，学做猫鱼豆腐。猫鱼豆腐只能在立冬之后立春之前做，这段时间的水，称作“冬水”，不会坏。把豆腐揹回来，横竖两刀，一块豆腐切作四，摆到竹筛上，置于太阳下，待表面水分完全干了，移到抽屉里摆上。抽屉事先铺好干净稻草，摆的间距约一厘米。豆腐进了抽屉后，关上抽屉和柜门，再不要理会它了，等待十天半月再偷看，如果上了一层白霉就可以了。烧一壶茶滤去茶叶，冷却，加入食盐和红曲，做成红汤；将霉豆腐在红汤里打几个滚，捞出来进坛，剩余的汤也倒入坛中，密封半个月，红红的嫩嫩的猫鱼豆腐就做成了。

那天，妈妈尝了她自己的杰作，很满意，她要亲自去给杨满爹送饭，她其实是想听杨满爹表扬猫鱼豆腐做得好吃。妈妈走到杨满爹家门口，闻到一股很浓的臭气，打了一个哇呕，喊了一声“杨满爹，吃饭了”。杨满爹应了声后，妈妈问：“怎么这么臭？您拉房间里了？”

杨满爹说:“你把饭放窗台上就是了,你莫进来!”

我妈把我爸喊来了,要他进屋去看怎么回事,才得知:杨满爹患了肛瘘病,裤裆里全是大便。我爸用棍子把杨满爹的裤子挑出来,要我妈洗。从那以后,我妈每天就多了一件事:给杨满爹洗屎裤。我爸把我爷爷生前的裤子全部给了杨满爹,有三条,加上杨满爹自己也有两条,还有徒弟们也贡献了几条,总共有十多条。我爸每天早、中、晚去三趟,送干裤,收脏裤。

只顾着裤子,忘记了猫鱼豆腐。我妈终于忍不住了,某日再去送饭,问:“杨满爹,我做的猫鱼豆腐,好吃不?”

杨满爹连连说:“好吃好吃,很好吃!”

我妈童心未泯,追问:“那您说,我做的猫鱼豆腐,是不是全世界最好吃的?”

杨满爹不作声了,脸上挤出了一些笑,尴尬地回答:“你的猫鱼豆腐,还差一样作料。”

“什么作料?您快点告诉我!”

杨满爹摸索着站起来,一手提着裤子,一手摸索着走到木柜旁,打开柜子,手伸进一堆乱糟糟的衣服里,良久,摸出一瓶酒。贵州大曲!

那天,杨满爹先给我妈讲述了这瓶酒的来历:他有个发小,和他一起当兵的,投了诚,在老家,混蛮好。两年前,那发小打听到了杨满爹的住处,来看望他,给他带了一瓶酒,想接他回贵州。杨满爹不肯回去，但他收了那瓶酒。

杨满爹说：“这种酒，是全天下味道最好的酒！外面根本买不到的！非常珍贵！我一直舍不得打开，现在我把它送给你！”

这么重的礼，我妈岂敢收？我妈知道，杨满爹会酿酒，也很好那一口，他还请人帮忙去队里酒坊打过谷酒。这瓶贵州大曲，万万不能收！

杨满爹说：“徒弟媳妇啊，你听我说，你们两口子孝顺，对我好；我其他的徒弟，队上所有人，都对我好，我无以为报，你把这瓶酒拿去，喊大家一起喝了吧。空瓶子，记得给我。还有，你那个猫鱼豆腐，汤里如果加点白酒，味道就完全不同了。”

我妈把那瓶贵州大曲拿回家后，先打开倒了一酒杯入猫鱼坛中，剩下的，把全队劳动力喊到我家堂屋里围坐，酒杯从第一个开始传，一人抿一口，顿时，全屋都弥漫着浓郁的酒香。

酒是粮食之精华，我家的猫鱼豆腐加了酒后，就有了灵魂，鲜度和软度立马提升，味道更是别具一格了。

后来，队上人凑钱，把杨满爹送到县里医院去做了肛瘘手术，虽然没有完全根治，但至少房间里不臭了。到了医院里，我爸顺便帮他挂了眼科号，检查后医生说他的眼睛完全没办法了。杨满爹活到了七十岁才寿终，临走的那天，他还吃了猫鱼豆腐，还吧嗒着嘴巴说：“这猫鱼豆腐！味道好！”

从那天起，队上人才知道，我们酒坊里酿出来的又辛又辣用来驱寒的，叫谷酒；被装在精美瓶子里的如丝般顺滑、醇香浓厚、晶莹剔透的琼浆，叫贵州大曲。

世间万物皆有味，记忆中，所有滋味都将被时间冲淡而消退。唯有那块猫鱼豆腐，没加酒的，加过酒的，隔壁娭毑做的，我妈妈做的，瓦坛子里的，杨满爹饭碗里的……生活艰难味，人情温暖味，千般滋味在其中，岁月愈久，味愈浓。

湛鹤霞 湖南省作家协会会员，湘阴县第二、三届作协主席。在《湖南文学》《湘江文艺》《故事会》《上海故事》等刊物发表小说、散文故事作品百万字。

三等奖

【 30 名 】

一碗凉粉是一支神曲

（诗歌）

◎　丁继友

贫瘠坡地的麻豌豆，秋天成熟后进入石磨的世界
仿佛抗令被罚的西绪福斯把巨石滚下山，又滚上山去
那时我家的日子宛若磨心里碾轧
又在滚烫的铁锅里熬煮的麻豌豆
泄露秘密的罪因仿佛洗涤被迫交出体内的香
那样的过程，注定了一部历经炼狱的神曲

无意中的我听到咕噜咕噜的声音
这是对贫穷日子的不满，还是贫穷日子里一家人的期待

多年以后的这个月夜，那石磨与铁锅里的挣扎仿若黑夜里的歌吟
无疑是西绪福斯向往人间的声音

那个时候我在灶前负责烧火
曙光里的母亲用铁铲不停地搅拌或者弯腰
认真地把冷却的凉粉打成细条
舀一勺红油辣椒，撒上小葱
这一幕，像摘下了天上的星星
岁月里的清贫与艰辛，就这样被母亲搅拌出香辣的生活
滚石头的西绪福斯似乎也闻到了人间的味道，身体上的罚令被解除

一碗凉粉，母亲挑在肩上挑起一家人的日子
我们几姊妹则是被解除贫穷饥饿的西绪福斯
因而恢复了神力，一碗凉粉在人生的某个驿站就是一支温饱的神曲

丁继友 四川省中江县人。一手拎着生活，一手拎着诗歌，在人生路上跌跌撞撞近五十年。

记忆里的味道：53度

（诗歌）

◎ 马 行

放下或拿起的，是记忆
一杯贵州大曲

又一杯，是思念
是秋日那边，千年故乡

此时，此地
少年与青年
是我的贵州大曲吗

是我记忆里的味道吗

而诗与远方
一个人的孤独与繁华
万千大雁的降落与迁徙
可是53度？

那就再饮一杯吧
黄昏，落日
轻风，今晚月亮
连同一个人的迟疑与梦境
依旧53度

马　行　中国作家协会会员，中国石化作家协会副主席。著有话剧《第4号防潮楼》，诗集《慢轨》等，散文集《大地上的行走》等。曾获中华宝石文学奖、山东省第二届泰山文艺奖等。

母亲站在野菜里喊我

（诗歌）

◎ 无 非

在背阴的山坡
老家的野菜，保持住一小片阳光

顶开落叶枯草，像小小茅草屋
土里埋半截，童年我喊饿，她安慰过我
为我点一盏灯，这药引
引渡肺腑里的风，抖落一身雨水

用自己的苦，解别人的苦

用一种苦，解万千苦
锅里煮过，清水里洗过
这一生，我脱不去苦涩味

土生土长矮小的野菜
我是吃着你的白色奶水长大的
春风中，山峁上
凡是站在野菜里喊过我，喊成
腰弯手蜷越来越小、红色蕨菜的
都是我小小的母亲

一条根一颗心的野菜
你的灯永不被吹灭，像一个鸟巢
我坐在你的怀中
你的手还放在我的额头

无　非　本名王爱民，中国作家协会会员，《辽河》杂志主编。出版诗集《欣赏一种秋天的背影》《纸上轻落草色》，散文集《我是人间草木》等。

那年冬夜里的哭与笑

（散文）

◎　韦玉红

我小时候很馋。娘做好了饭，刚要尝出咸淡，我揪着娘的衣襟儿一迭声地喊：“我尝尝，我尝尝。”过年煮肉，刚闻到肉香，我便迫不及待地要爹捞骨头给我啃。正月家里来了亲戚，客人前脚走，我后脚就拆了点心填进嘴巴。娘经常指着我嘴角的痣，恨铁不成钢地说：“红红啊，你这颗吃嘴眼子可真没白长。”

家里兄妹四个，我是老幺。和哥哥姐姐们争嘴吃，我大多争不过，于是便常哭得凄凄惨惨戚戚。为此，我博得了“刘备”的外号。那时候，我哪知道刘备是何许人也，心想他一定和我一样，经常被人欺负。

我们家在洛河北岸的一个小村子里，和洛河沿岸众多村子一样，日子过得穷苦而艰辛。除了几亩庄稼维持着一家老小的生计，唯一可以为孩子换点学费扯件衫子的就是河滩所种的花生了。那是沙土地，只要不是遇上大旱或大涝，花生都会疯了似的长。收花生的时候，用手齐根儿攥紧一苗，轻轻一拽，一嘟噜一嘟噜白胖胖的花生就出来了，剥开来，两个或三个花生仁儿排列在一起，一层粉粉的红衣，里面是乳白诱人的果实，嚼在嘴里，甜甜的汁液滋润整个喉咙。

刚摘的花生，娘不让多吃，说吃多了伤肚子。那么就是炒花生了，但是炒花生轻易怎么吃得到呢？收了花生，一颗一颗摘下来，摊到场院里晒干，挑出最好的留够种子，其余的就背到城里卖了换钱。剩下卖不掉的瘦的瘪的，娘把它们归置到楼上，早晚家里来了亲戚或冬夜熬夜剥玉米时，娘才舍得倒出一小簸箕炒了给大家吃。

冬天的夜漫长而冷清。没有电视，半导体收音机也常常信号不好发出“吱吱啦啦”的声音。这样的晚上最适宜剥玉米，娘和大哥从院里的玉米架上揪下玉米穗子，装满两箩筐抬回屋。娘给我们兄妹四个规定，剥不完不准睡觉。于是，大哥和二哥围坐一个箩筐，娘、姐和我围坐一个箩筐，一盏15瓦的灯泡昏黄地悬在屋顶，能听见手掌擦过玉米粒儿稀稀落落的哗啦声。这样一穗一穗地剥下去，箩筐外的玉米芯儿渐渐多了，金灿灿的玉米粒儿在箩筐里越铺越厚。往往这时候，娘就商量着，再揪一筐来剥，反正还早呢。哥哥姐姐就一致反对，说手疼得不行了，人也困得不行了。姐会把被玉米穗磨得通红肿胀的手掌摊开给娘看，二哥必定会和娘讨价还价，说肚子也饿了，还冷，要是娘给炒花生吃，那再剥一箩筐是没问题的。本来已经要爬上床睡觉的我，一下子来了精神，闹着要帮娘烧火。娘为了多剥玉米，偶尔会满足一下我们兄妹的要求，于是，已经昏昏欲睡的我们立马欢声笑语，剥玉米的动作也明显快了许多。

院子里桐树下的青石板上，放置着一小堆沙子。沙子很匀很细，是我和姐到河滩挑选的最好最干净的沙子，专门用来炒花生。等我把沙子装在瓷盆里端到厨房，娘已经生着了火。我帮娘烧火，娘把沙子倒进锅里，拿木铲子来回翻搅着。一会儿，约莫沙子炒得热了，娘把小簸箕里的花生倒进去，把它们和沙子搅匀，然后继续翻炒。这时候，娘一边告诉我烧小火，一边就开始一遍一遍地交代我："红红啊，这次你一定得记着娘的话，一会儿不管哥哥姐姐如何逗你，咱都不理会，不哭，不上他们当。听见没？""记住了，娘。我就是不哭，气死哥哥姐姐。"我连连点头，给娘保证。

沙子炒花生是有技巧的。火大了，容易外焦内生。火小了，又容易皮，都影响口感。娘用木铲不停地翻搅，利用沙子的温度烘焙花生。隔一会儿剥开一颗，用拇指和食指捻搓花生豆，然后再入口品尝生熟。我也跟着尝，只是除了烫，我尝不出啥味道。

这个过程我觉得很慢，其实也就半小时左右就差不多了。熄了火，我拿来铁筛子，娘连沙子带花生一并倒入筛子。把沙子筛出去，剩下白生生的花生在里面，看上去和生的几乎没多大区别。娘说，这都是沙子的功劳。炒过的沙子发黑，再炒就会影响花生的成色。娘端了盛花生的筛子放到院里的石桌上降温。刚炒过的花生热，吃到嘴里有点黏，得放凉了再吃，嚼一粒，酥、脆、香，好吃极了。

回到屋，玉米已经剥得差不多了，姐一见我，就说：“红红，刚大哥和二哥说今儿个还能把你气哭。”娘一听，一巴掌冲着离她近的二哥拍了过去，嘴里嚷道：“瞧你们这哥哥姐姐当的，回回炒花生把红红逗哭才心尽。”二哥早有准备，嘿嘿笑着，身子一缩躲了回去。大哥仍剥着箩筐里还剩的几穗玉米，不紧不慢地说：“我们就爱听咱家的小刘备哭，那哭起来清脆悦耳，是不是很好听？”二哥和姐姐立即随声附和。娘懒得理他们，把箩筐旁堆着的玉米芯子往外收拾，叮嘱我：“红红，咱最聪明，才不上他们的当呢！不理他们，一会儿就能吃花生了。”

我本来还记得娘的话，可我一个人怎么可能不被哥哥姐姐他们三个人算计。所以，最多不过一盏茶的工夫，尽管我仍然记得娘交代我的话，可还是经不住他们你一言我一语的挑逗，气得哇哇大哭。只要我一哭，哥哥姐姐保准乐。一个说：“哎呀呀，咱家刘备哭了，一会儿咋吃花生啊！”一个一定会接：“红红多有志气，才不和咱们一起吃花生呢！”姐就会说：“要是我，就不跟你们玩了，睡觉。”他们一唱一和，直到我哭得稀里哗啦，不顾娘的哄劝，赌气脱了衣服钻进被窝继续哭，这才罢休。

接下来，我在被窝里雷声大雨点小地哼唧着，娘一哄我起来吃花生，哥哥就打岔：“要是我，就不起来吃，太没面子了，多丢人啊！”于是本来很想起来吃的我就死活也不起来了。屋里弥漫着炒花生的香味儿，我躺在被窝里，听着他们围坐在小簸箕旁一边吃一边说笑，甚至他们剥花生壳的细微的“噼啪”声，都使我的心跟猫抓似的难受。要是刚才我忍住不哭，他们的阴谋就不能得逞了，那么此刻，我就能和他们一起，围坐在炉火旁，快快乐乐吃花生，多幸福啊！可是现在，我却只能像只可怜的小猫一样，孤零零地躺在被窝里，闻着炒花生诱人的香味，近在咫尺却吃不上。唉，唉，要是爹在家就不会这样，他们一个个老老实实的，才不敢欺负我呢！

我就这么在生气与懊悔的纠结中睡着了。梦里，有香喷喷的炒花生，还有与哥哥姐姐们之间的战争。但是，第二天早上，上学前，娘竟然像变魔术似的，从灶房的柜子里取出一碗炒花生，悄悄给我倒进书包，来弥补我头天夜里失去的口福。原来娘知道我会上了哥哥姐姐的当，提前给我藏了一碗。而我，又多了一次在哥哥姐姐面前显摆娘对我偏爱的机会，然后在学校的课间和好朋友一起甜蜜地分享炒花生。时间久了，竟然演绎成了必然。哥哥姐姐不用再为将我逗哭吃不上炒花生而心存内疚，他们知道反正娘已经预留给我了。我哭着上床也很快就睡着了，反正我知道灶房的柜子里一定有一碗炒花生在等着我。

随着时间的推移，突然有一天，我不经意地发现，那冬夜里让我无比渴望又受尽折磨的炒花生，竟然已经成为记忆中美好的回忆了。我们兄妹四个，一个个长大成人，然后像鸟儿一样，离开故乡，踏上属于自己的人生征途。只有娘仍然执着地留在故乡的老家，日益蹒跚的脚步，逐渐昏花的眼睛，在每年固定的那些个节日里，痴痴地站在村口，等待她的儿女归来，像昔日那样，围着一簸箕精心炒好的花生欢天喜地吃着，只是那个小时候经常被哥哥姐姐们气哭的老幺妹儿已经和他们一样，变得成熟而稳重了。

如今，超市里什么没有呢？从前听都没听过的稀罕物儿也不稀罕了。各种种类繁多、包装精美的花生制品更是应有尽有，普普通通的炒花生实在已经引不起人们的注意了。我却连看都不会看它一眼，不是因为吃腻了，而是因为我压根就吃不出记忆深处特有的味道。或者说，是割舍不断的亲情的味道，是魂牵梦萦的故乡的味道。

韦玉红　卢氏县作家协会副主席，三门峡市作家协会理事。作品散见于《洛神》《奔流》《短篇小说》《中华文学》等。

食在东北冬

（散文）

◎ 王雅艺

如今，我已不在那片黑土地生活，于是，我再也没见过那么长、那么浓烈的冬天。

深冬里，万物萧条，风雪里是数不尽的枯枝和行人臃肿的身影。人们连呼吸都变得有些局促，每一次吸气都有一些淘气的小冰晶抓住鼻毛，每一次呼气都会化作面前缭绕的白雾。这时候，不管穿得多厚，只要在室外待上半个来小时，都会冻得心慌，然后就只好像逃兵一样，钻进自家的小平房儿。

冰天雪地里，一排排灰头土脸的小平房儿，墙挨着墙，窗邻着窗，每户都藏着火苗闪烁的炉灶。炉灶，就是每幢房子跳动的心脏。灶坑里，漆黑的煤和干燥的柴在低语，噼噼啪啪地聊着东家长西家短。聊着聊着，屋子就热了；聊着聊着，锅里的菜就熟了。

天寒地冻，运输不便，新鲜蔬菜价贵，所以，锅里的常客不外乎那么几样。从地窖里掏出的土豆、苞米、白菜、萝卜，大瓦缸里的酸菜，肉店里买来的排骨或鸡，自家在秋日里晒好的豆角干、蘑菇干，早市上买回的冻豆腐和成捆的粉条……家里掌勺的妇女把它们看似漫不经心地排列组合起来，两样、三样或是四样，全凭心情，如果兴致起来了，把上面提到的那些食材全都噼里啪啦地下了锅，也不算什么出格的事儿。

黑土地肥沃，长出来的物产格外油润香甜，随随便便炖出的一锅，就能让人香得眼都睁不开。等上一个多钟头，香气顺着锅盖的缝隙飘出来，揭开锅盖，浓郁的褐色汤汁热情地冒着泡，肉中的油脂已经跑了出来，锅中的蔬菜、冻豆腐、干菜、粉条都浸润在其中，锅中各样食材的味道拥抱在一起。排骨已经软烂得不像样子，鸡肉还带着点筋道，土豆贡献的淀粉让汤汁显得更加浓稠，糯玉米的清香中带着肉香。皱巴巴的干菜吸饱了汤汁之后，仿佛重返青春，咸香之余还带着被晾晒时阳光的味道。酸菜呢，在吸足了肉中的油脂后，原本强烈的酸变得温柔而醇厚。最绝的是冻豆腐，本来就有着大豆的醇香，汤汁又钻进了它身上的每一个小孔，在吃的时候，会直接在口腔中上演一场让人飘飘然的交响……这些食材，有的来自养殖场，有的来自农家小院儿，有的来自菜园，有的来自山野，相遇在一个铁锅里，成了东北冬日的“盛宴”，热热闹闹，喜气洋洋。本是因物产有限、做法粗犷造就的铁锅乱炖，却反而消解了这环境里的苦和寒。

后来在其他地方也见过不少做铁锅炖的饭店，每次都是兴起而至，败兴而归，归根结底总是少了几分豪迈热烈。哪怕厨子是乡音浓郁的东北人，食材是空运来的东北食材，都没办法完全复刻那份神韵。东北人家的日子就像这锅乱炖，没什么必须加，没什么原则，稀里糊涂，但就是有滋有味儿，实实在在。一方水土养一方人，一方水土也养一方“菜”，一旦换了地界，就束手束脚起来，没了那种浑然天成的好吃。

那么冷的天儿，一定还得加点营养。一说到营养，想到的就是鸡蛋。不知从什么时候开始，在我心里，鸡蛋和营养画上了等号。在很多语境下，“多吃点鸡蛋”都是不错的选择。孩子正长身体，多吃点鸡蛋；最近干活挺累，多吃点鸡蛋；生了病得补补，多吃点鸡蛋……所以，冬天的饭桌上还得加上一盘炒鸡蛋。

这炒鸡蛋，当然是用本地小笨鸡下的蛋来做最好。磕上几个笨鸡蛋，加上些盐，用筷子翻搅几下，浇进已经烧热的油锅。油声呲啦啦，锅铲咣当当，临出锅时再撒一把翠绿的葱花提提味。金黄酥软，蛋香浓郁，让人每夹一筷子都想给生蛋的小笨鸡道一声谢。

我爱人第一次来东北时，对菜店、肉店标牌上的“笨”字甚是不解，问是何意。对这个表述早已习以为常的我，在几经思索之后，给出了解释——这“笨”字指的是，本地人用“笨方法”养殖，土办法生产的。鸡是农家散养，用粮食喂的，就叫“小笨鸡”。豆角如果是农家小菜园种的，就叫“笨豆角”。各行各业日渐工业化的今天，这点“笨”显得尤为可贵。大家都知道，“笨”字辈的食材要更让人放心，也更香些，这个字就是品质的保证。除此之外，还有笨猪肉、笨大鹅、笨豆芽等等。踏踏实实的“笨”，所以有一种踏踏实实的好，这应该算是一种朴素的生活哲学。

热乎的滋味儿和喷香的营养都有了，还缺什么呢？不如加一盘酸甜口儿的锅包肉吧。没有任何一个东北小孩儿能抵抗住锅包肉的诱惑。只要提到这三个字，小小的东北人儿眼睛里就能冒出光来，还会瘪着嘴咽一下口水。

根据烹汁的不同，锅包肉分成好几种派系，加番茄酱的，加橙汁的，还有加水果的，各有千秋。可我最爱的，是那种呛鼻子酸的老式锅包肉。

里脊肉裹上面糊，在油里炸成胖乎乎的模样，再和萝卜丝、葱丝、姜丝、香菜一起回锅烹个大酸大甜的汁儿……光是那亮晶晶、黄灿灿的模样就能让人看得眼睛发直。吃进嘴时，第一口恨不得被那醋精调的酸呛了嗓子，但总觉得这样略显莽撞的味儿，才是最带劲儿的。那口最呛的酸气退去后，味觉才回过神来，逐渐感受到烹汁的酸甜，油炸面糊的面香、油香，还有里脊肉细密纹理中纯粹的肉香。吃了一块，还要再吃一块，呛了一口，还要再呛一口……盘里肉抢没之后，要把配菜也吃个精光。最后，还要用筷子把盘底的汁一点儿、一点儿地蘸起来，塞进嘴巴里咂摸回味。

这些菜配大米饭，加上一些白酒、啤酒、碳酸饮料，就是让人满足的一餐。风卷残云，盘干碗净，洗碗刷筷，椅子摞放好，饭桌收起来，盘腿上了炕，黄金档的电视剧成了全家的焦点。

晚饭后，灶里炉火变得温暾，暖烘烘的火炕烘得人口干舌燥、昏昏沉沉。这时候，一只装着冻梨的水瓢就该端上来了。冻梨不怎么好看，不过是一只只跟鸡蛋差不多大的黑疙瘩，看上去并不像是什么好吃的东西。但在热炕头儿吃上几个汁水丰盈的冻梨，是最惬意的。

冻梨吃之前要用水缓一缓，等它从硬邦邦变得软塌塌，就可以拿来吃了。为了避免它的汁水溅得到处都是，我会先在它黑黑的皮上咬出一个小口儿，让它露出雪白的果肉来，再从这小口儿慢慢将它的汁儿吸出来。冰凉清甜的冻梨能唤醒味蕾，也能唤醒昏沉的大脑，是寒冬暖屋里不可缺少的清爽。

从11月的冬风渐起到4月江水彻底化开，一年当中，家乡的半年都算是冬天。一代又一代热情又实在的人，仰仗着这些可爱的食物，度过了一个又一个漫长的冬天。不管是在矿产富足、意气风发的时代，还是在“下岗潮”翻涌、欲立而破的时代，或是在如今缓步前行、寻找机遇的时代，让东北人儿冬日里欢喜的总是这些菜品。

好多冬日里，外面尘埃和雪花四起，落在人们的头上，人们愁眉苦脸，人们唉声叹气。可一旦回到温暖的小家，热炉灶，几盘菜，几盅酒，推杯换盏，红了脸庞，好像日子里的苦就暂时烟消了，云散了。

我的家乡有个好听的名字，“佳木斯”。据说是来自满语，为“驿站”或“站官”之意，也就是古时掌管驿站的、不入品的小官，负责邮寄传物、迎来送往。来来往往的人们可能只把这里当成旅途中的一个站点，短暂停留之后再无回望。可这里的冬，这里的种种味道，却留住了我一生不变的念想。

王雅艺 1993年生人。东北人，现居西安。教育行业工作者，文学创作新人。

跳舞的鸡蛋

（散文）

◎ **安元奎**

母亲接来一盆泉水，把鸡窝里剩下的几枚蛋轻轻放进去。有的瞬间沉入水底，有的却半浮半沉，左摇右晃，在水里跳起舞来。盆里，荡起浅浅涟漪。

母亲皱了几天的眉头舒展开来。她在额头上手搭凉棚，开心地望着远处。一只羽毛蓬松的母鸡，正领着刚出壳的十几只小鸡，摇摇摆摆地穿过房前小径走向菜园，开始它们生命中第一次远行。

正是古龙川孵鸡的季节。大多数小鸡已经破壳而出，但仍有几枚趴在窝里没有动静，母亲便用这个老办法甄别它们是否寡蛋。她用右手拇指与食指握住一只跳舞的鸡蛋，形成一个类似OK的姿势，眯起眼对着太阳照起来。春天的阳光穿过蛋壳，透视出蛋壳内的生命轮廓：一只蜷曲的小鸡，红红的鸡头，红红的脚丫，还有湿湿的翅膀。母亲脸上浮起少见的笑容。她知道水盆里这几个小家伙只是在睡懒觉，还能赶上哥哥姐姐们的步伐。

暮春时节，古龙川温润如玉。两岸的草萋萋地绿，花不紧不慢地开。暖湿的河风里弥漫着许多新生命的气息，陌生又熟悉。万物欣荣，阳光正好。

走出蛋壳的鸡，成为古龙川人家的一员。它从不挑食，家里的剩菜剩饭，都会被它颗粒归胃。但那些年的粮食并不富足。乡人们秋收的稻谷要先交公粮，从古龙川运往乌江边的城里，剩下的部分才是庄稼人的口粮。许多时候，人自顾不暇，鸡便只能自食其力。好在猪朝前拱，鸡往后刨；适者生存，鸡亦有道。野地里，但见它一脚金鸡独立，一脚掘地三尺。菜根、泥土、虫子，甚至蜈蚣，通通吃得有滋有味。最让人惊讶的是，它吃石头。一啄一吞就丝滑下肚，毫无哽喉之虞。神奇的胃里，似乎藏着一副磨子。石子被细嚼慢磨，变成一层厚薄均匀的蛋壳，椭圆的造型，光滑的质感，多么完美的几何图形。里面包裹着蛋黄与蛋清，天衣无缝。那蛋黄如一轮红日，周围的蛋清似银河星云。莫非，它是一个缩微的小宇宙？

因为散养，乡下的鸡从来有些自信。陶渊明的“鸡鸣桑树颠”，是它们生存的写实。公鸡生活奢靡，妻妾成群。鸡冠上扬，翅膀带风，能走也能飞。有时进笼中，有时飞树上。夜不归宿，主人也懒得管。

母鸡守规矩一些，每天按时出勤，按时下蛋。《诗三百》云，鸡栖于埘，日之夕矣。说的就是它们日出而作、日落而息的生活。

这些鸡自由，散漫，下的蛋也就比较随性，自带野生的味道。细辨其中有山间草的香，木的香，花的香，日和月的香。那是万物提纯的精华，一种可以意会却无法言说的大味。当它与农家的柴火相遇，便成了古龙川味觉的传奇。蒸煮炒煎，各美其美。

物以稀为贵，小小的鸡蛋便有了大用。乡人积攒的鸡蛋，平时舍不得吃，要留到赶场天变成盐巴钱；即便留几个，也是用来招待当紧的贵客，关键时刻撑撑面子。那时候，古龙川人总是把最好吃的留给客人。

小时候，家里养了六七只鸡。它们同吃同住，却是一笼两制。母亲三四只，祖母一两只。母亲认为自己养的鸡用于全家开支，祖母却是一人独享，因此有点怨言。而祖母认为祖父死得早，家里都是儿子媳妇做主，自己也需要点零钱。再说自己不是独吞，还要时不时补贴儿子的酒钱和孙子的零花。但她们不争不吵，仅仅止步于偶尔脸色不悦，有点腹诽而已。

但凡生命都有休养生息，鸡也不例外。差不多每年有一半时间，母鸡并不下蛋，大约是在储存能量，有的则是为了孵化小鸡。但小鸡们长大后，母鸡依然长时间陶醉于做母亲的成就与幸福感，渐渐忘了下蛋的初心。主人便有点着急，将一根鸡毛从其鼻孔里穿过，那样子怪怪的。过几天，可能因为刺痛与不适，抑或有了反思，母鸡幡然醒来，开始新一轮下蛋。

但后来，鸡的命运似乎被人改写。曾进入过一个大型养鸡场内部，那明晃晃的灯光下，一排排铁架子整齐、冰冷、沉闷、压抑，令人窒息。那是母鸡批量下蛋的生产车间。前面一条传送带，移动着成分不明的颗粒饲料。鸡们齐刷刷伸出头来，争着啄食；后面也是一条移动的传送带，上面则是一只只刚下的鸡蛋。每只鸡都被固定在一个量身定做的狭窄栅栏里，只能站立，不能转身，也不能坐卧。据说24小时开灯，让它分不清春夏秋冬，也分不清白天和黑夜，365天里天天下蛋，但其寿命只有一年。在这里，母鸡从生命变成了机器。从生到死，它们与阳光之间，永远隔着一层顶棚的距离。至于异性或爱情，遥不可及。

后来在超市见到那些个大又新鲜的鸡蛋，眼前却总是浮现出养鸡场里那些机器或囚徒般的身影，内心很是难受，味觉也就有些排斥。于是每回老家，都让妻子在乡场上买些土鸡蛋。

但渐渐觉得老家的土鸡蛋口感有些变异，再没有当年的感觉。妻子无意中和老家的妹妹提及，现在乡下的土鸡蛋和城里超市的饲料鸡蛋没什么两样。妹妹便问在哪里买的。妻子说，就是那个场场都卖蛋的邻村大嫂呀，老熟人。她的鸡蛋壳上总粘着点泥巴或鸡屎，底下的竹篮里总垫着松木须、苞谷叶之类，一看就是土鸡蛋。

妹妹笑着说，她家只有两三只鸡，但一年四季都有鸡蛋卖。每逢赶场头一天，她总要去城里超市逛一趟，然后第二天就有土鸡蛋卖了。

妻子眼睛瞪得大大的。原来是这样呀。

但过了一段时间，妻子依然去大嫂那里买蛋。我问为什么。妻子说，大嫂当年超生，丈夫外出打工再也没有回来，一个人拖几个娃娃不容易。她不偷不抢，只是玩点小脑筋，比起城里有些大老板算不了什么。管它土鸡蛋洋鸡蛋，反正都要吃。

这样的买卖持续了许多年。年前与妻子一起赶乡场，老远便听见一个人在大声叫妻子的名字，原来是卖鸡蛋的大嫂。满头风霜，一脸皱纹，人明显老了，但眼里有光。她把妻子拉到地摊前，嘴巴贴在妻子耳边嘀咕几句，又从摊子旁边拿出一个鼓鼓的锁口布袋，装进妻子的背篼。

妻子过来对我说，大嫂的儿女们都已拉扯大，现在日子好过多了。又笑了笑补白道，大嫂这回给的，是真土鸡蛋。

晚餐的炒鸡蛋，还是那记忆里的味道。

安元奎　1963年生，贵州省思南县人。中国作家协会会员。曾任贵州省作家协会主席团成员、贵州写作学会副会长。著有散文集三部，长篇小说一部。

村头的那口老井

（散文）

◎ 孙 戈

一

村头的那口老井离家远，爷爷挑一担水要歇上两起。瞧见路上没人，才肯放下扁担，撩起衣襟，擦去额头上的汗水。望见人影，爷爷赶紧起身挑担。歇不够，就腰酸腿疼。奶奶劝他挑半桶水，爷爷瞪圆眼珠子，我还不至于！

奶奶拎水，我嚷嚷要跟着。我都上学了，可以帮助奶奶干活了。奶奶就笑，找出一根长棍递给我。奶奶说，你不是怕狗嘛，狗要是扑你，你就吓唬它。

老井旁有棵大榆树，夏天茂密，闲人们聚在树荫下乘凉，扯些闲嗑。冬季冰天雪地，闲人们躲回屋里猫冬，大榆树光秃秃的，就愈加显得孤寂。老井周围结了厚厚的冰，一跐一滑的挑水人吃力地放松井绳，坚硬的胶皮桶落进井底，提上来的水带着冰碴儿。

闲人们见到奶奶，争着和她打招呼，也争着帮她提水。扑通一声，胶皮桶已经被扔进井里，小孩子赶紧趴在井口，抻着脖子看泛起的水花，看渐渐平静的水面，映照出自己的影子。小孩子顽皮，肆意嘲笑对方的豁牙。大人板起脸吼，滚！大鼻涕都快掉井里了。

小孩子四处散去。提水的大人愈加得意，冲着手心啐了口唾沫，甩开膀子，左右胳膊抡动，捯腾着绳索，拎出盛满水的胶皮桶，扬手倒进奶奶带来的桶里。

奶奶拎的桶小，只需一小半就漾了。井旁有一只残破的葫芦瓢，有人舀出胶皮桶里的井拔凉，仰起脖子咕嘟咕嘟喝个精光，抹着湿漉漉的嘴巴，叹出一口长气，无比惬意的那种。众人围过来争抢葫芦瓢，依次舀，依次喝，依次扬起脖子，依次发出惬意的长叹。

我用木棍穿过桶梁，和奶奶各拎一头，大人们竖起大拇指。奶奶笑，县城的学校放暑假了，大孙子回来看我，还非要帮我拎水。奶奶悄悄把桶拽近她那一侧，我担在肩上，轻轻松松地往家里走。

我喜欢奶奶居住的村子，不像县城那样嘈杂，生活节奏缓慢，不像县城里的人那样忙忙碌碌。日头顶在当午，人们就慵懒，不愿意出门，面朝黄土背朝天的日子，人们习惯了自己调剂生活。

二

村里早前没有水井，吃水要到小河边挑。终究不是饮用水，常有人会闹肚子，拉痢疾，得奇奇怪怪的病。爷爷当村主任那会儿，请来县里的打井队，选址，测量，用了大半月时间，在村头的老榆树旁边打出了一口深水井。开工那一刻整个村子像过年一样，挑起一挂长长的鞭炮，噼噼啪啪地崩响。每天都有人来看进展，扳着手指头计算吃上井水的时间。打井队的人都在奶奶家吃饭，奶奶带领几个妇女从早忙到晚，烙饼，包饺子，蒸馒头，厨房里堆满了各家各户送来的青菜。村子里又杀了一头猪，打井队的伙食让小孩子天天都咽口水。

爷爷在家是甩手掌柜，油瓶子倒了都不扶，全由奶奶掌管。儿子女儿有出息，一个接一个离开了村子，去了县城，甚至是更遥远的省城。爷爷奶奶也会被儿女们接走，不多日子又回来。乡亲纳闷儿老两口咋还不会享福了。爷爷奶奶说，省城县城表面上热闹，但人和人之间距离远，住对门都陌生、冷清，咱真待不习惯。还是自家好，住得踏实。

乡里乡亲心疼老人，帮他俩挑水，劈柴，爷爷奶奶过意不去，生怕麻烦别人。

三

暑假，我又回到了奶奶身边。五叔拍来电报，他也要回家探亲。我就和奶奶一起盼，一起等，盯着墙上的日历牌。

那天五叔走下长途汽车，围上了一群人。村子里闲人多，望见长途汽车一溜烟开过来，停稳，总会凑上去几个人，好奇究竟是谁回来了，会有啥新鲜事发生。五叔认识老辈人，同他们打招呼。昔日的伙伴都在干农活，有人娶了媳妇，有人的孩子已经满村子跑了。小孩子不认识五叔，但被他身上的海军服吸引。无檐的海军帽飘着丝带，衣领宽大，衬着白底蓝条的海军衫，小孩子没见过，就一路跟随。腿脚快的进屋报信，大门口就呼呼啦啦、热热闹闹了。

奶奶迎到院子里，打量着小儿子，由远而近，渐渐清晰。小儿子似乎又长高了，身子骨也更硬朗了，众目睽睽之下有点腼腆，但掩不住英武豪气，和村子里同龄的小伙子就是不一样。

奶奶转回思绪，紧忙掂对饭菜，爷爷翻腾他的小酒柜，摩摩挲挲地找酒，吆喝几个老辈人留下。奶奶手脚麻利，不一会儿，几样炒菜就摆在桌面上了。

那顿饭菜被吃得精光，爷爷的小酒柜也被一扫而空。孩子荣归故里，是老哥几个聚在一起喝酒最好的嚼头。每个人舌头都大了，却还围着桌子聊车轱辘话。五叔帮奶奶收拾碗筷，一边说着部队里的新鲜事。我把五叔的军帽戴在头上，模仿着向他敬个军礼。奶奶笑，五叔也笑，奶奶问五叔上进的事，也问处对象的事，五叔回得不多，脸有些红，奶奶就越加放心不下。

那些日子五叔老老实实待在家里，即便他不穿军装，也和村里的其他年轻人不一样。从他当兵的那天起，英武之气就绑在身体上不会褪去了。五叔跟在奶奶身边学做饭，挑水，劈柴，到田园里干农活。以往时常见底的水缸总是满满的，柴火也不再现烧现劈。五叔在手上吐口唾沫，一劈就是小半天，粗壮的树木被他劈成一样的粗细长短，整整齐齐码在墙边。院子格外洁净，连鸡鸭鹅狗仿佛都知道主人家的小儿子回来了，兴高采烈，比往日欢实。昔日的伙伴陆续过来看望五叔，帮他掏炕，抹墙，扶正加固歪斜的栅栏，平整房前屋后、门里门外的地面。房顶烟囱冒出的炊烟，似乎也比以前浓重了。

村头放露天电影，我盼五叔也去看。我跟着他，就会比其他孩子更得意。五叔说他看过了，我央求五叔把他那双皮鞋借给我。我把纸团塞进鞋里，伸进脚，系好鞋带，都不知道该怎么迈腿、怎样走路。皮鞋“咔咔”的声音特别悦耳，和我一般大小的孩子羡慕我，在前面引路，在后面尾随，就像那天五叔回来的情景。从奶奶家走到村头要一袋烟的工夫。我穿上五叔的皮鞋，像是腾云驾雾，很久才望见那张高高悬挂的银幕。

还给五叔时，他把头扭向一边，手在鼻子前扇。明天和我去河边，把鞋里好好刷刷。

五叔肯带我一起玩了，我抑制不住地兴奋，一路上踮着脚，总想和五叔比个头。五叔拍着我的肩膀，还用急？过不了几年你就撵上我了。

河水清澈，树影婆娑，也飘着女人的笑声。常有女人相约在河边洗被面褥单，就为出来扯扯家常。女人们一边拿着棒槌敲敲打打，一边说着话，不一会儿河岸上就铺满了五颜六色的单子。

我俩找个僻静的地方，五叔把鞋刷洗干净，让我晾在河岸上。他问我，会游泳吗？我说，我还是帮你看衣服吧。五叔就笑，这里的衣服还用看，男子汉不会游泳怎么行？他把衣服裤子脱下，跳到河里。他水性好，一股脑游到对岸，冲我挥手。我模仿着向他敬了个军礼。他在对岸笑，爽朗的笑声穿透过来，久久回荡……

奶奶念叨，要是小儿子的探亲假和大孙子的暑假一样长就好了，可惜呀！她不再叮嘱我去翻墙上的日历牌，来客人，也不像以往招呼我撕下日历给客人用来卷烟。日历牌静静地挂在原处，被人遗忘。可日子却不像村北的那座大山纹丝不动，而如村南的河水飞快地流淌。

五叔终于要回部队了。奶奶一手拽着我，一手拉着五叔，身后照例跟着左邻右舍和村子里的乡亲。奶奶不说话，小小的个子在人群里，却是那样地显眼。我也不想说话，悄悄地拉住五叔的手。他的手宽大，也温暖。

看见长途汽车的影子，五叔突然想起了什么。他大步走到井口，提出一桶水，舀起一瓢，咕嘟咕嘟地喝净，抹着湿漉漉的嘴巴，冲奶奶笑。奶奶说，快上车吧。众人也跟着应和，五叔跨上车门，回过身，敬了一个标准的军礼……

四

好多年后我再回到村子，每家每户都接通了自来水。拧开水龙头，那水的味道和县城里的没有区别，和其他任何地方的味道也没有两样。我特别怀念村头那口老井里的井拔凉。大榆树依然茂盛，那口老井还在，井口垒高了，贴上了瓷砖，安装了辘轳把，刷上了油漆，却再没有闲人聚在树荫底下。我探头看着井底，映不出自己的影子了。

孙　戈　黑龙江省作家协会会员。2018年开始陆续发表文学作品。先后在《中国作家》《西部》等发表小说、散文，有作品被《小说选刊》《微型小说月报》等选载。

窖藏记

（散文）

◎ 孙 超

烈日炎炎，豆大的汗珠滚滚而下，浸透了衣衫，绿荫下尽是热风，不由得加快了回家的步伐。回到家第一件事就是开冰箱，从冷冻柜取出雪糕大咬一口，或是从冷藏柜里拿出一瓶冰镇饮料，一饮而尽，再或者拿出冰镇西瓜，来不及切，直接用勺子大快朵颐起来。

朔风凛冽，西伯利亚的寒流带来了冬日的第一场飘雪。乡村万籁俱寂，狗蜷缩在墙角，狗盆里的饭汤冻得结实；鸡鸭在窝中聚集，互相依靠取暖。大家足不出户，静坐家中看电视，玩手机，欢声笑语盈沸。到了饭点，打开冰箱，小白菜、莜麦菜、生菜、黄瓜、西红柿等蔬菜应有尽有，角落里还有一袋土豆、半打洋葱以及两个圆茄子，靠这些蔬菜过冬怕是有些夸张，可撑个十天半月绝不成问题。

有了剩菜剩饭，舍不得丢，只好塞冰箱里；买来的生肉多了，一时半会儿用不上，放冰箱里暂存；青菜坏得快，夏天怕热，冬天怕冻，塞进冰箱存放得长久……冰箱一下子成了保险箱，给这些东西加了层保险，人心才踏实。小小的冰箱塞得满满当当，手里有粮吃，心里不慌张，大大小小的菜肴肉品，全在里面存着，以备他日之需，冰箱俨然成了一个家庭的藏宝库。

冰箱的历史源远流长，但真正意义上走入城市百姓家，却只有短短几十年的工夫。搭乘家电下乡的东风，农村的家家户户也用上了这一干净便捷的“仓储柜”。民以食为天，冰箱凭借保鲜保质的本领，一跃成为千家万户不可或缺的家电。作为代价，菜窖——乡村农户曾经必不可少的一员，终究被冰箱扫进了历史的尘埃。

菜窖又叫地窖，一度风靡农村，多选在自家院子不碍事的地方。少则三五平方米，小门小户居多，宅基地面积有限，一家三五口人，吃不了多少，自然用不着备太多青菜；多则十几平方米，通常一家人口众多，蔬菜需求量大，生怕菜窖小了不够用，有意无意往大了挖，最后空闲了一多半——菜窖的储物能力远超人所想象。

挖菜窖是个体力活，不怎么费脑，一般选在秋收后，大家有闲工夫，而且要赶在立冬前，土壤松软便于挖掘。选址是第一步，取拿方便，自家院子并无太多可供选择的地方，只要不碍事即可。四五个壮汉手持铁锨，按照提前画好的白线，一锨接着一锨，掏出一个方形深坑，深秋季节硬是干出一身热汗。妇女们没闲着，小推车一趟趟将院里的土往外运，一人推车，另一人在前面拉，到了饭点又得张罗烧火做饭。一般而言，菜窖极少一天能完工，菜窖挖得越大、越深，花费时间越长。

窖深一般不低于两米，深了耗时费力，浅了不保温难保鲜。挖完窖开始搭横梁。所谓的“横梁”并不像盖房那样粗壮、结实，也不尽是木材，条件好些的人家，会按照菜窖大小，焊接一个四四方方的铁架子，正好罩住菜窖。“横梁”搭好，其上铺一层厚厚的茅草，或者盖上淘汰掉的废旧被褥破衣烂袄，用来保温，尽量中间稍高，四周略低，便于排水。茅草上盖一层塑料布，以防积雪和雨水。如果下雨还好些，顺着坡度自然流向四周，不会积攒。倘若是雪，尤其是大雪暴雪，免不了要清雪工作，以防菜窖被压塌。在菜窖一角留一进出口，竖一梯子，便于攀爬。完成这些，菜窖也算是建好了！

北方的蔬菜多是按袋买、按捆买，很少按斤两计较，如一捆大葱、一袋土豆。选一个风和日丽的日子，父亲骑三轮摩托载着我和母亲赶集。春秋农忙，父母没有闲暇赶集，院子里自家种的青菜可以自给；冬日天寒地冻，父母极少出远门，集市有七八里路，非必要不会去。

赶集的人多，三轮摩托进不去，停靠路边，我守在旁。没有不爱热闹的小孩子，一辆三轮摩托很难拴住我，作为酬劳，烤地瓜、糖葫芦，再买个玩具，足以抵御集市上的其他诱惑。我坐在三轮摩托上，看着来往人群。父亲一会儿扛来一麻袋地瓜，一会儿一捆大葱，还没等气喘匀，又急匆匆钻进人海，生怕去得晚，品相好的新鲜蔬菜被人挑选走。讨价还价的间隙，母亲裁了布，准备缝棉袄用，看父亲过来，又一袋青菜上肩，累出了汗。

这一趟满载而归，一车蔬菜压得三轮摩托发出低沉的怒吼，挤得我没地方坐。回到家，父亲将蔬菜卸到菜窖口，顺梯子下去。母亲找来篮子，拴一根长绳，将菜传下去，父亲在下面接着，这样一来，省了反复攀爬梯子的工夫和力气。我年纪尚幼，体弱，帮不上任何忙，只觉得有趣。

传完菜后，我执意要下菜窖，父母不允，经不住我哭闹，更怕我日后偷偷摸摸下去危险，只好同意。母亲在上面看着，父亲在下面扶着，我紧抓着梯子，颤颤巍巍，不敢往下看，直到一双大手托住了我的屁股，这才放心。

菜窖比我想象中宽敞，像是一间四面无光、密不透风的屋子，初来乍到只觉新奇。里面温度高于外界，越是寒冬，体验得越真切，我都想住在里面了。父亲说不行，人待久了容易憋死，即便是这些蔬菜，时不时也要打开菜窖门透透气。

赶集买来的青菜全在窖里了。满满一车菜，在此处却不显多。每样菜都有自己的地盘，互不统属、干预，父亲是总指挥官，需要哪样菜，就让它们出列，先进盆里，进锅里，再进碗里，最后进肚子里。整个冬天的味道都来自菜窖。

苹果、梨、橘子之类的水果，它们配不上火炉的暖意，暖和成了它们的催命符，又抵御不了屋外的严寒，会降低口味，于是菜窖成了最好去处，一麻袋接一麻袋地下去与青菜做伴。

菜窖并非日日开启，平时厨房有备菜，手边也有现成的水果，待吃得差不多时，父亲才会下窖。挎着一个篮子，从这里取几根黄瓜，在那里拿一棵白菜，再选些水果，直到篮子装满，踩着梯子举过头顶，由母亲在上面接着。

冬季里的蔬菜是稀罕物。在北方很多地方，冬天只有大白菜，换着花样吃，炒着吃，炖粉条，剁饺子馅……可归根结底还是白菜。想换个口味，要么吃蔬菜大棚的反季节蔬菜，只能去集市上或县城里，价格昂贵还不一定买得到；要么是入冬前腌制的咸菜，咸得齁人，毫无美味可言。一到冬天，皮肤变粗糙，嘴唇开裂，除了气候外，与吃不无关系。

有了菜窖，冬天的我再也不愁吃喝。母亲说我年纪小，需要补充维生素，父亲说我需要营养均衡，于是各种蔬菜水果轮番上阵，餐桌上从不缺少绿色。

走亲访友，很少有人拎着蔬菜登门。青菜难登大雅之堂，不过最希望别人来家时，手里不是鸡蛋、点心、方便面，而是两捆青菜。冬日漫长，大家馋蔬菜久矣，谁家有菜窖，谁就掌握了礼尚往来的主动权。单凭我们一家三口，过冬吃不了多少东西，但菜窖轻易不会空着。父亲像勤奋的松鼠，每逢集市总要去一趟，一个劲儿地往菜窖搬运，囤下的菜够吃小半年。这里是父亲的藏宝库，早已超脱了蔬菜的范畴，而是冬日农村的硬通货。串门的时候很少空着手，一把韭菜、一棵白菜都可能成为搭建友谊的桥梁，之后的往来就变得亲切多了。

对于远方而来的客人而言，父亲引以为傲的菜窨，是不可不观的一景。虽是穷乡僻壤，物质虽不充裕，冬日食材单调，可一进菜窨，别有洞天，胃口禁不住上来了，想吃什么任选，应有尽有，颇有自助餐的雏形。“吃不了兜着走”，虽是一句玩笑话，可每当临别之际，父亲总会挑选些饭桌上友人爱吃的青菜，让他们带回家，好客的名声从此传遍乡里。

菜窨的生命周期只有一冬，春暖花开之际，菜窨完成使命，闲置下来。若是再想启用，得维护修整一番。入了冬，父亲的热情一来，菜窨为之一新，瓜果蔬菜涌入，再次成为我家过冬不可或缺的一员。

菜窨伴我度过儿时的冬天，我能成长为今日茁壮之我，菜窨功不可没。随着年纪增长，经济条件不断改善，菜窨完成了它的历史使命，功能被冰箱取代。交通的便捷带来了采买的便利，冰箱令菜品保鲜不再遥不可及，效果远甚于菜窨。可是于我而言，冰箱功能再强大，也不过是一台冷冰冰没有感情的制冷机器，而菜窨，收纳了整个冬天，想要找回儿时冬日的味道，得去菜窨中寻。

孙　超　1989年生，山东惠民人。滨州市作家协会会员。现供职于山东省惠民县妇幼保健院，业余从事散文、剧本创作。

埋藏在光阴里的酒

（散文）

◎ **邢庆杰**

二十世纪八十年代末，我在老家所在的乡政府担任乡党委专职报道员的时候，认识了一位诗人，名叫吴东坡。当时，他的诗歌刚刚在全国的青年诗人大赛中获了个优秀奖。同样酷爱文学的我，和他一见如故。更加难得的是，我们都喜欢那杯中之物，几场酒喝下来，我们就成了文友加酒友。

那时候我们喝酒，都是在家里整。下馆子进饭店，是想也不敢想的事儿。我们在村里的小卖部买点花生米、豆腐皮之类的现成菜，再炒上个醋熘白菜、葱花炒鸡蛋之类的家常菜，就皆大欢喜了。如果赶上手头活络，再弄上两块钱的猪头肉，那就是大餐了。那时我们喝的都是一块三四一瓶的劣质白酒，有时候也拿自产的粮食换上一大桶散酒。我们俩经常喝着劣质的酒、吃着简陋的菜，畅谈高尚的文学，往往越谈越投机，经常喝到深更半夜。每次喝酒，第二天我们都要难受半天，胃里火烧般难受，头痛欲裂，有时还上吐下泻，都赌咒发誓再也不喝了，但过不了两天，又凑到一块儿，端起了酒杯。

有个事虽然有些丢脸，但也不得不说一下，那时，我和东坡偶尔会写篇赞扬企业的有偿报告文学，以赚取点儿酒钱。没办法，谁没年轻过呢？毕竟，想喝点小酒却囊空如洗的日子不好过呀。

1990年春天的一个下午，我和东坡去乡办的东河造纸厂采访。晚上，造纸厂宋厂长请我们吃饭。那是我平生第一次进酒店吃饭，既欣喜又局促。一会儿上了满桌的鸡鸭鱼肉，还上了两瓶贵州大曲。那时候我们鲁西北地区虽然穷，但喝酒还是比较讲究的，都用小杯，三杯一两、一口一干的那种。

那天中午的情形让我至今难忘。我在宋厂长的盛情下端起酒杯，往嘴边一送，就觉一股醇香之气扑面而来，精神为之一振。一杯酒下肚，一股绵柔之力直抵胸腔，好大的酒劲儿，但是既不呛，也不辣，胃肠热乎乎的，非常舒适。那是我第一次喝酱香型酒，也是第一次接触高档酒，留下了深刻的印象。

几杯酒之后，我和东坡相视一笑，两个酒鬼心照不宣，都放开肚皮喝了起来。由于我们喝酒豪爽，宋厂长也喝得尽兴，很快就与我们称兄道弟了。后来我们就喝多了，临走时，不知怎么回事，宋厂长给我们每人拿了一瓶贵州大曲。

第二天早上醒来，已经日上三竿。起床后，感觉神清气爽，头脑特别清醒。心里顿时明白了，昨天晚上喝的绝对是好酒，不然喝了那么多还能这么舒坦?

中午，东坡不约而至。他带来了两个好菜，一个大猪蹄，两只猪耳朵。我知道他是冲着那瓶好酒来的，就边拾掇着菜，边敲打他说，咱可说好了，今天把我这一瓶喝了，明天就喝你的，不能独吞！他连连点头说，没问题，那瓶酒就是咱弟兄俩的!

那天中午，我们一边喝着酒，一边谈着东河造纸厂那篇稿子的构思。不知不觉中，一瓶酒就见了底。东坡临走时说，这两天你先拟个初稿，后天晚上去我家定稿，顺便把那瓶酒解决了。

东坡走后，我一觉睡到天黑。那一觉睡得特别香，晚饭后，我感到精力充沛，就铺开稿纸，开始撰写东河造纸厂的那篇报告文学。那一晚我头脑特别灵敏，感觉文思如涌泉，写到凌晨，一篇三千多字的短篇报告文学就完成了。

隔日，我按照约定，拿着稿子，骑行五六里路，来到东坡家时，他已经把菜拾掇好了，喝着茶等我。

我问，不先看看稿子?

他笑了笑说，不急，稿子留下看，今天咱们一醉方休。

说着，他拿起酒瓶子给我倒酒。我一下就看出了端倪，急道，不对呀，那瓶贵州大曲呢?

他尴尬地冲我一笑，说，我埋到菜窖里了，早晚给你留着。

见我用狐疑的眼光看着他，他进一步解释说，我舅昨天来过，他说这种高度的酱香酒，埋它个十年八年的，就是琼浆玉液，别提多好喝了！咱反正已经喝过两回了，就埋上个十年八年的，到时候还是咱哥儿俩喝。

看他说得头头是道，我虽然不知是真是假，也不好再说什么了。再说了，他那天中午弄的菜特别丰盛，这也是一种补偿。

后来，我们的生活轨迹都发生了变化。我先是去了县里的一家企业做秘书，后来又调到市文联工作。东坡在县城做了几年粮油生意，后来去了省城济南，做医药代理。我们都忙于各自的世俗凡事中，想见个面都不容易，在一起喝酒的机会就更少了，那瓶贵州大曲的事，就在光阴流逝中慢慢淡忘了。

2024年3月，我在老家参加一个文学活动，还发了个朋友圈。东坡看到我的微信后，就打来电话，告诉我他也正好在老家，约我活动结束后去他家喝酒。我一想，我们好多年没在一起好好喝一场了，正好借此机会叙叙旧。

第二天，朋友开车送我到东坡家时，已经十一点多了。多年没来，他家的房子已翻盖一新，庭院陈设和室内装修已经今非昔比，连餐桌都是红木的。他家嫂子将菜端上来后，东坡从酒壶中给我倒了一大杯酒。我拿到鼻子底下闻了闻，香气非常醇厚，就问，这是什么酒？

他笑了笑说，你猜猜？

我用肯定的语气说，酱香的，我猜不出这是什么品牌的，但这酒的档次应该很高。

他哈哈大笑了几声说，这就是那年我埋在土里的那瓶贵州大曲，今天我把它挖出来了。

一句话唤醒了我沉睡的记忆，这一晃三十多年过去了，那瓶酒居然还在？

我问，真的？

他说，你尝尝就知道了。

我端起酒杯，抿了一小口，酒液绵柔，浓而不烈，仔细回味，还有一种老酒的陈香。

我兴奋地冲他竖起了大拇指，好哥们！说话算数，果然给我留着呢。

他先笑而不语，后又频频劝酒。

这一天，我们俩喝得非常尽兴，从中午一直喝到了晚上，是家里人开车接我回去的。

第二天上午，我正准备驱车回德州，东坡打来电话，他先是给我道歉，说昨天给我开了个玩笑，我们喝的并不是三十多年前的那瓶酒。

事情的真相是：三十多年前，我们约好去他家定稿的前一天中午，东坡去参加同学的婚宴了。没想到，那天中午，东坡的舅舅突然登门，看到了那瓶贵州大曲，就毫不客气地给打开了。东坡的新婚妻子也不好说什么，赶紧给他弄了几个下酒菜。等东坡回到家时，那瓶酒已经一滴不剩了。他舅打着酒嗝说，这个酒要是埋上个十年八年的，堪比琼浆玉液。东坡就只好借此编了个瞎话，对我说“埋起来了”。

我惊诧地问，那昨天咱们喝的什么酒？喝了那么多，今天早上醒了还特别舒服。

东坡说，给你说实话吧，昨天给你喝的，是贵州大曲的猪年生肖纪念酒，是用陈年老酒调制的，又放了五六年了……

我一下明白了，怪不得味道似曾相识，还有一股老酒的陈香，原来里面隐藏着窖存多年的老酒。

放下电话后，我久久地沉浸在对往事的回忆中。东坡三十多年前欠了我一瓶酒，三十多年后，他用如此巧妙的方式补偿了我，这就是真挚的兄弟情谊。

友情如酒，历久弥香。时间是检验友谊的试金石，也是最好的酿酒大师。

邢庆杰 中国作家协会会员，山东省作家协会全委会委员、小说创作委员会副主任；德州市政协常委，德州市文联专业作家、市作家协会主席。已出版小说集《白貔记》《具丘山笔记》等24部。

奶奶，过河看戏去

（散文）

◎ 许 玲

中秋之夜，女儿不知从哪儿找了件长裙套在身上，站在客厅外的阳台上挥袖舞臂。我大笑道，这是你奶奶的裙子吗？穿得像个唱戏的。月光照在她天真快乐的脸上，她对我一阵得意地挤眉弄眼。我恍惚间穿过时光隧道，成了她的模样，穿着一件奶奶的花衬衣，站在老家禾场里，大声喊道，奶奶，你看我。天色已晚，奶奶手中端着一盏煤油灯从厨房里出来，经过燕子瓦屋檐下的走廊进堂屋。她的脸绽开得像一朵红色的花，她说，你看你，穿得像个唱戏的。回忆总是突然造访，我又想起了他们。爷爷奶奶都爱看戏，爷爷钟爱喝酒。

他们爱看戏，黄梅戏、花鼓戏、京剧、粤剧、汉剧，只要是拖腔带板的戏曲都爱。老家的土墙上糊着花花绿绿的年画，是奶奶过年时赶集买回来的。皆是戏曲人物的年画和戏文，一张一张整齐地贴在墙上，一张大画上约十几幅剧照，上面是舞台和演员，下面是几行戏文讲解，贴的时候不能乱了顺序。演员们浓妆梳扮，粉墨登场。戴着状如铜钱的花辫头套，或烦琐层叠、色彩斑斓的软硬头面，长长的辫子拖到膝前。身上多为红、黑、蓝色的袍或帔，式样多变。那时，我们不知剧目品种，一律称为戏。绣着龙、凤、鸟、兽、花卉、云彩、八宝的衣服，统称为戏衣。奶奶偏爱才子佳人，堂屋两侧贴的就是《杜十娘怒沉百宝箱》《女状元》。我常站在条凳上，一个字一个字地辨认，碰到不识的字，爷爷就会耐心教识，这应该是我最早的文字启蒙。

爷爷独爱粮食酿造的谷酒，乡间有一个谷酒厂，酿酒的时候，飘出的酒气让一个村都要醉了。爷爷提着壶子去那里打酒，还会去厂里拉来酒糟喂猪。他从不计较晚上吃的什么菜，晚上自己炒一碟花生，不淡不咸，吃起来要嘎嘣脆，满嘴余香。他吃两粒花生，啜一小口酒，闭着眼睛，长“嗞”一声，世间所有美妙尽在这一杯之中了。后来，有了收音机、电视机，收音机里放着戏腔，电视里再来段戏，奶奶会拿着一个小盅与他对酌。夏夜的那顿晚饭便无限长了。

小时，乡下人家，逢年过节或者家有喜事，常会在村口搭台唱戏。去村口看戏须经过一条河，奶奶牵着我的手，走过一座石桥，一场又一场地赶过去。也不拘是什么戏，总能听得入神，直说好看，好听。还有一些人，不知道从哪儿弄来一副旧行当，几人一伙，扮演成小姐、公子，在各户人家前唱上一段，当家的女人从自家米缸里抓出一把米倒入另一个人的布袋里，他们就会鞠躬走人。这是讨米过活的另一种方法，奶奶说，他们唱的是河南戏，遇上水灾没有办法。奶奶也会跟在他们身后，听完一家又一家，然后再折身回家。

到了读小学的年纪，父亲将我从爷爷奶奶身边接走。待我上学，成家立业，兜兜转转到了常德，才有机会将他们接到我家小住几天。我将他们带到了太阳山顶，据说是太阳神诞生的地方。那日，刚好有一个剧团在给游客们表演节目，唱的是常德丝弦的经典曲目——《常德是个好地方》，穿着旗袍的女孩儿拿碗敲碟，舞姿曼纱，声音软糯，他们像被粘在那儿，一气听了好几首。坐唱，站唱，群唱，男女对唱，奶奶说，这个戏像说话一样，好听。后来，又有一男子手抱渔鼓唱了一段，讲的是一个孝子怀念母亲的故事。奶奶没有哭，爷爷倒听得泪水涟涟。其实，他那时身体已不大好了。纵是这样，酒依然是少不了的。我给他买了一瓶贵州大曲，告诉他，这也是粮食酿造的。他“嗞”了一口，很是满意。那桌菜，是我亲自做的，弄得满满的一大桌，特意为他炸了一碟儿花生。精心准备的菜，他并没有大动，钟爱的依旧是花生就着酒，他照旧眯着眼睛，喝一口，发出一声长“嗞”，极是满意的样子。那是我们最后一次在一起吃饭。

河街是一条仿古街，而里面的鸳鸯走马楼是专门唱戏的地方。可惜，它搭建起来的时候，爷爷已经走了。我给奶奶打过两次电话，要接她过来看戏。她的听力已经很弱，但是“听戏”两个字却听清楚了，连声说好。那年清明，我回老家去爷爷坟前扫墓，又提及此事，她高兴得像个孩子似的，说过几日，要大伯送她过去。过了几日，没有等到她，却传来了她永远离去的消息。乡下办丧事兴歌舞队，大伯已请乡间有名的歌舞队，我自作主张退了，请了一台子花鼓戏，一直唱到晚上十二点。那一日听戏的多是十里八乡的老人，挤挤当当坐了一禾场。我有了兴致，想试着唱几嗓子，一张嘴，四面漏风。左顾右盼，幸亏无人注意。我突然想到奶奶一生极少开口唱戏。有一次，嘴里哼了几声，被我发现，竟像我偷糖被发现一般，害羞得脸都红了。

奶奶端午做粽子，中秋做老月饼，腊月炒花生和瓜子，正月包元宵和团子。她走了，这些节日反而愈加清晰了。她在的时候，我一边吃着，一边说，这就是奶奶的味道。她说，那趁我活着，你要多吃。她走了之后的很多日子里，到了吃粽子的季节，我会想她，记起她坐在小板凳上将粽叶卷一个筒，用筷子将糯米扎紧的场景，她包的粽子又紧又糯，有一个针一样的尖。到了吃元宵的时候，满大街寻找着儿时熟悉的味道，她独一无二的味道，终是不能再得。不能返回的人生，不可重逢的少年。他们走了，思念他们的人，却觉得他们无处不在。只要我们还有记忆，他们就活着。

农历七月半，人间开了门，让亲人们回来。我给爷爷敬了上好的贵州大曲，在饭桌前放起了一出黄梅戏。母亲一边上饭敬酒，一边说，你们慢慢吃，吃了看戏去。我们当地还有一个说法，中元节的前一天，是亲人们约起看戏的日子。没有手机、电视的年代，碰到节日，看场大戏可谓是精神大餐。所以，我担心，奶奶他们会到哪里去看戏。

这几年，我对戏曲的爱好也日渐浓厚。近日，去了一趟北京，特意买了国家大剧院的票，看了一场豫剧《红楼梦》，看着帷幕一开，布景亭榭楼阁，花红柳绿，我的泪一下就流了出来，如果爷爷奶奶在，如果能坐在这儿，他们又会是怎样的开心和怎样的场景。我每晚都去，一连看了三场大戏。同事问我，你这个年纪的人，为何这般喜欢看戏呢？我说，一出戏，能让我回到我想回到的地方，见到我想见到的人。最后一出戏是湘剧《破镜重圆》，演员唱功了得，观众心情跟着剧情起伏，一波三折。世间万事，皆有遗憾。最大的幸运莫过于还有弥补遗憾、破镜重圆的时刻。泪眼婆娑间，突然瞥见奶奶的笑脸，她笑着说，玲儿，跟我走啊。过河看戏去啊！我的心那么温暖，正是这种感觉——看戏的少年，散发着谷酒香的夏天，与他们一同来到。

这就是记忆里的味道啊，竟在一场又一场戏里，一次又一次的思念里。一剧终了，掌声雷动。与他们相别，竟已多年。

许　玲　中国作家协会会员，湖南省作家协会签约作家。曾获《湘江文艺》双年优秀短篇小说奖、梁斌小说奖。出版长篇小说《南回北归》《向前三十圈》等。

柿事甘美

（散文）

◎ **祁云枝**

那天在草地上给一簇小菊花拍照，听见身旁啪嗒一声，扭头，草丛里多了半颗橘黄的柿子。柿肉尚未变软，因此当它从高空落地后，并没有变成一坨肉泥，也没有四分五裂。

是从头顶的柿子树上掉落的。伴随柿子坠下来的，还有几串啾啾唧唧的鸟鸣。

馒头形的柿子，缺失了小半部分，茬口参差不齐。显然，这掉落的柿子，是其中一只鸟儿的早餐，它叨食时用力过猛，让柿蒂突然间脱落。

仰头看，柿树枝丫横斜，橘黄色的柿子挂满了枝头，很是耀眼。与众多的柿子比起来，树上的叶子分明是小众，并且，秋风里，不时有巴掌大的柿叶飘落，叶叶心心，在蓝天的幕布上，写出了一行诗句："凌霜叶落鸿飞去，万盏灯笼比日红。"

目光移至树身四周，草地上铺满了斑斓的柿叶，叶片红中有绿、有黄、有紫。落叶上，零星躺着被鸟儿叨食过的柿子。

泛红的柿肉上，爬满了黑色的蚂蚁。从茬口上流溢的津液和来回奔忙的蚂蚁来看，它一定是甜的，一定也是遥远的记忆中的味道。

我的童年，就生长着一棵柿树。无论距离童年多远、多久，它的形状、它的味道，以及与它关联的事物，都会在某一瞬间走马灯般在眼前浮现。

柿子树长在我家后院，不知道父亲当年栽种柿树时，是想给我们提供零食，还是希望如乡亲们所说"出门遇见好事（柿）"。抑或，两者都有吧。

春天的柿树并不吸引我们，前院里有洋芋花、韭菜花和葱花。小麦抽穗时，柿子花也悄然绽开，花朵指甲盖大小，隐在密实的叶子间，很难引人眼眸。倘若细看，倒也十分精致，花四瓣，淡黄，花蕊居中，像个小口大肚的坛子。

当院子里的小花落尽、绿肥红瘦的时候，后院的柿树下便成为乐园。

一夜西风，地上星星点点地落了许多小柿子。我和妹妹放学后聚在树下，直玩到奶奶喊我们吃饭。没有玩具的年代，快乐全靠自己创造。捡起小柿子，用绳子穿起来，就做成了项链、手链，也可以做成柿子陀螺。

选指头蛋大的柿子拔掉柿蒂，用牙签大小的棍子插入，柿子陀螺就做好了。我们蹲在平展展的石板上，拇指与食指夹住小棍子，使劲儿一搓，放手，柿子陀螺便呼啦啦旋转起来，俨然一道绿色的旋风，旋转出奇妙而强大的引力。我们一场接一场比赛谁的陀螺转得更久。

秋风，在满树的柿子上逐渐皴染出一层亮黄。鸟儿不时赶来凑热闹，它们在枝叶间钻来钻去，拣最先变软的柿子下嘴，兴奋地啁啾。

这个时候，奶奶多半会迈着有点儿蹒跚的步子来赶鸟，她抄起拐杖虚晃几下，嘴里吆喝着："快走快走，柿子未熟呢，别糟蹋了。"鸟儿受了惊吓，扑棱着翅膀飞起，在空中盘旋一圈后，落在不远处的杨树上，望着奶奶和满树的柿子。奶奶干脆坐在树下的石礅上，和一群鸟儿对峙。

她要照料我们一家人的吃喝，七十年代粮食欠缺，虽没饿过我们，但家里白面少，杂粮多，幸亏还有柿子。

柿子变成橘红色时，奶奶开始漤柿子给我们吃。此时，树上的柿子外表虽艳，却是中看不中用的，咬一口，能把人的舌头涩麻。非得经过漤柿子这个过程，才能入口。

漤柿子水温很重要，也最难把控，火大，漤出的柿子颜色发乌，吃起来像木头渣子；火小，柿子又半生不熟，脱不去涩味。

奶奶漤柿子称得上行家里手。她给大锅里添满凉水，放进柿子后慢慢加热。不时起身，把手伸进水里探温，然后决定加把火，还是熄火。如此三天三夜，柿子漤熟了，皮色鲜艳，内里脆甜。

树上低处的柿子，就这样被奶奶一日日漤熟，成为我们的零食。什么东西吃多了都会腻，偶尔，我们拿起一个柿子，咬两口觉得不够甜便会扔掉。若是被奶奶发现，必定要接受一番忆苦思甜教育。

“瓜娃啊，要知道年景不好时，柿子是人的救命粮。就连削下的皮也要晒干磨成粉当面吃哩。”奶奶边说边用拐杖敲地，凹陷的眼窝里，满是怜惜。

柿子救命的故事，也是奶奶告诉我的。

有一年秋天，朱元璋饿晕在路边，骨碌碌向山坡下滚去，幸好被一棵柿树挡住。醒来后，他发现树上结满了熟透的柿子，便使出全身气力爬上树。很快，甘甜的柿子填饱了他的胃，也帮他恢复了体力。后来，朱元璋参加义军并成为一方将领，有次遇上难事一筹莫展。夜里，他梦到一位神仙在柿子树下对他说：“柿子救命，士子治国，柿子当封凌霜侯。”醒来后，朱元璋恍然大悟，广纳贤才，重用谋士李善长等一同开创伟业，也册封了当初救他的柿子树为“凌霜侯”。

待低处的柿子被我们吃完，时令也已到了霜降。

高处的柿子，要等父母休假回家，我们一起卸柿子。卸柿子要用到一根带铁叉的长竹竿，铁叉下有个铁丝撑口的小网兜。大人拿长竹竿夹柿子，我和妹妹一人扯住一块布单的两角接柿子。卸柿子时，铁叉卡在柿子果柄处用力一扭，柿子就掉进小小的网兜里。竹竿倾斜，柿子便平安落进我俩手中扯着的布单里。

卸下来的柿子，被我俩一趟趟抬到院子中央，堆成一座柿子山。

歇息片刻后，奶奶分配给我俩新的任务：给邻居家送柿子。

这是我和妹妹最乐于执行的差事。

当我俩分别提着小竹篮把十个大红柿子连同一句“万事如意”的祝福送到邻居家后，我们的小篮子里，也会多出几枚核桃、一把大枣，或者，一碗炒豌豆。重要的是，会收获一大堆夸赞我俩的话语，比如勤快、能干、嘴巴甜、个子高、模样俊，等等，不一而足，很让人欣慰，比吃了柿子还甜。

整整一天，我和妹妹的目光，都在红红的柿子上，带着我们的心兴奋地游走。我想象不来南宋画家牧溪，他的《六柿图》为何有那样暗沉的色调。如果，牧溪先生来到我家，他面对眼前的柿子山，会挥毫出一幅怎样的柿子画呢？

奶奶坐在柿子山前穿柿子。带把的柿子，被麻绳连接成串，士兵般列队，最终，会站成一面红彤彤的柿子墙，喜庆，养眼，也养胃。

这些柿子，是我家的水果，也是乡人口中的“铁杆庄稼”。

几番风霜后，柿子逐渐由橘红变为鲜红，果肉也一日日细腻柔滑起来。完全成熟后的柿子，在其蝉翼般的表皮上撕开一个小口，直接吸食，它的糯、甜、香，会挨个儿和味蕾握手言欢，舌尖上，会荡起美妙的涟漪。

奶奶烹饪的柿子炒面，是迄今为止我吃过的最甘甜醇美的食物。

选黄豆、豌豆、玉米、糜子，加入盐和小茴香，在铁锅里翻炒至熟透，磨成面粉就成为炒面。舀半碗炒面，加入两个去皮的红柿子，用筷子不停地搅拌，直至两者完美融合，呈现出晚霞般绚烂的色彩。汁水甜蜜的柿子浸润了炒面，炒面为柿子增添了筋道的口感和多层次的谷物味道，两者相得益彰。夹一筷子入口，细嚼慢咽，果真是“轻匀绛蜡里团酥”，乃人间甘露。

时光回到三十多年前的一个午后，秋风瑟瑟，细雨霏霏，那日浸着雨水也浸着寒意。妹妹回家说，村里的大槐树下有个叫花子，却不问人讨要吃的，冻得直打哆嗦，感觉快不行了。我们和奶奶赶到时，见一男子坐在地上，闭眼斜靠着树身，面色青白，身体如筛子般颤动，牙齿咯咯作响，看上去、听起来都很瘆人。奶奶即刻吩咐我和妹妹回家，把给爸爸留的那碗柿子炒面端来，再取一茶缸热水。

一碗炒面囫囵吞下后，那人哭了起来，泪水顺着脸颊淌进了热水缸里。他说他老婆刚去世，她病时家里的粮食和能变成钱的东西都卖光了，花了一河滩钱也没治好。现在人没了，吃的也没了，他已经好几天没吃过一顿饱饭了。

奶奶又吩咐我回家取来几个馒头和爸爸的一件旧外套，递给了男子。男子穿上衣服，向奶奶和我们深鞠一躬，慢慢消失在村口的小路上。

多年后，当我忆起这段往事时，猛然发觉，奶奶多像一棵柿子树。

忘了提一句，我家后院里那棵树上的柿子，每年总有好些果子留在树梢上。那些红彤彤的柿子，不是我们够不着采摘，而是奶奶特意嘱咐过，要给鸟儿留下过冬的粮食。

祁云枝 中国作家协会会员。著有散文集《植物，不说话的邻居》《我的植物闺蜜》等十多部。获冰心散文奖、中华宝石文学奖等。

懒豆腐

（散文）

◎ **李枝增**

何以解乡愁？一碗懒豆腐。

记得1984年冬天，轰然一声，生产队解体了！

我是社员，在生产队牵牲口、犁地。我牵着毛驴走在田地里，时常从衣袋里掏出一块玉米饼子，偷偷啃两口。我是半大小子，肚子总饿。早饭后，就偷偷把玉米饼子揣在怀里。正啃着，被扶犁的兴旺大哥发现了，他说："玉米饼子，再配上一碗懒豆腐，美呀！"我听了，嘿嘿笑。毛驴却抽了空子，将玉米饼子抢了去，一口吞了。

毛驴将毛茸茸的长脸蹭向我的头，算作安慰。

这天，生产队将生产资料分到各家各户，散伙。

队部里挤满了人。那些牲畜、大车、农具等都分到了各家各户，只剩下一间豆腐坊。里面有一头老牛、一盘石磨、一口袋黄豆。它们，也即将分掉收场。

分了，散了。好多人不舍，想留个念想。

父亲是生产队队长，他深抽一口旱烟，说：“明天全队劳力聚一块儿，吃一顿懒豆腐！”

懒豆腐，难得吃一顿，作为生产队的“散伙饭”，讲究！

父亲的话音刚落，哄地一片喝彩。

第二天上午，七八十名劳力，男男女女，各自走出家门，碗筷备了。有拿着菜刀、白菜的，有背着玉米面、拎着盐和棉籽油的，他们精神抖擞地走出家门，目标：小队部。

母亲让我带上一小瓶香油，是自家舍不得吃的，打算滴到懒豆腐里，提味儿。

那年月，庄稼人难得吃一顿懒豆腐。一来黄豆分得少，舍不得；二来一家一户人口少，忙不过来。年把月地吃顿懒豆腐，总是三五家凑到一起做，也聚在一块吃。那气氛，像过节。母亲总是去摇小石磨，她最累。

这一回，母亲也来了，和妇女们一道忙活。

下雪了。雪花像撕下来的片片棉絮，胡乱抛撒。队部院子里搭了案子，男社员在咣当咣当切白菜，切好的白菜放进筐里，满了，就有人把筐扛进豆腐坊。老驴被蒙了眼睛，转圈拉磨。昨晚就泡好的黄豆，被人连水带豆舀了，注入磨孔，随着磨盘的转动，乳白色的豆浆就从磨盘缝里溢出，先是打湿了下磨盘，形成多个白色的弧面，直到磨盘全部被浸成白色，豆浆就咕咕地沿着磨盘淌下，顺槽流入下面的水桶里。

豆腐坊里两口大锅，一口锅，女社员正在贴玉米饼子；另一口锅，正在熬懒豆腐。先是加入了棉籽油、葱花、白菜翻炒，放盐，又将豆浆倒进锅里，灶火正旺，懒豆腐在大锅里咕嘟咕嘟响，热腾腾的白汽从门口跑了出去，呛人的豆香把全村都熏遍了。

开造！女社员坐在豆腐坊，男社员站在院子里。他们端碗扒拉，满世界唯有稀里呼噜的响声。雪花落在男人们的头上、手上、碗里，他们全不顾，吃得忘我。豆浆磨了一桶又一桶，懒豆腐做了一锅又一锅，后面的懒豆腐没油了，只剩下豆浆、盐和白菜帮，但人们却依然吃得虎虎生风。

我不知吃了几大碗，撑得慌，在雪中溜达到天黑。在野外，碰到了兴旺哥，忽然想到，在吃懒豆腐的队伍里，没有看到他，就过去问缘由，兴旺哥说："不敢去，吃了这一顿行，可往后的日子咋办啊？"

我不知怎么回答。

生产队的消失，意味着一个新的时代来临。我因写小说当了作家，后来也离开了父母和村庄，来到县城讨生活。

离开生产队，兴旺哥蒙了几天，躺在炕上不起窝。忽地一天，他脑瓜开了窍，发了疯似的赚钱。他从不喝酒，却东借西找开了家白酒厂，散白酒便宜，卖得快，供不应求了。兴旺哥就打开自来水，往水里兑酒精。这法子好，成本低，一天就能生产几千斤。没几天，警察登门，抓人，捣毁酒厂。自来水还开着，往池子里流，只是酒精还没有来得及兑。

兴旺哥的散白酒喝死一个，喝伤两个。他被判了十五年。

我去狱中看他。他说："三弟，我后悔了，生产队解散那天，没去吃懒豆腐。吃了懒豆腐，念着家乡父老，兴许我能稳住心，就不做那黑心事儿了。"又说："好多年没吃懒豆腐了，真想吃一碗啊！"

这些年，乡亲们的日子越过越美，没人再吃懒豆腐了。进了城的我，偶尔在饭店吃过懒豆腐，加了好多辅料，早已没有了老味道。这些年，我越来越怀念远去的懒豆腐，常常想起生产队的最后一餐，真香啊！去年，带着家乡几个文友来到我在乡下的老房子，做懒豆腐。老房子里的父母，早已不在了。房子里放着的小石磨，是母亲曾经用过的。

兴旺哥出狱了，老了。他也来看我，不爱说话，吃懒豆腐，边吃边流泪。

我摇着小石磨，仿佛看见母亲在轻轻摇着，豆浆咕咕流出来，顷刻，满屋子的豆香，这就是乡愁的味道啊！

李枝增　中国作家协会会员，河北省作家协会影视文学艺委会副主任、唐山市丰南区作家协会主席。出版中短篇小说集《倾听与倾诉》等。曾获河北省第八届"五个一工程"奖。

最忆古法木榨菜籽油

（散文）

◎ 陈　刚

古法木榨的油香弥漫在千年时光里，自北魏贾思勰的《齐民要术》至明代《天工开物》，均有记载。时至今日，古法木榨油因耗时、苦力、不挣钱，渐为机器榨油取代。古色古香古味的古法木榨油，齿颊留芳，值得被记忆。

初夏不久，妖娆妩媚的油菜花，悄然告别爱情的刹那芳华，显出不愿再招蜂引蝶的样子。又有点像刚度完蜜月的新娘，枝垂花萎，摆出一副慵懒涣散的疲惫神态。油菜花有了秘密。她们已经怀胎结籽。水嫩细长的荚角渐渐饱满，像密密麻麻的梳齿，在微风里晃晃悠悠，散发着茁壮的青绿油光。一过小满，阳光开始猛烈，腹胎里的菜籽收光敛华，暗自变黑。日显肥硕的荚角吃力地抬起头又垂下，像足月怀胎的母亲在焦灼地等待分娩。油菜地里的风，变成了一阵又一阵的热浪。热浪有些香，仿佛是去年或者前年的味道，被另一场相反的风又给刮了回来，熟悉又亲切。

爷爷把鼻子伸进风里，大口地吸气，脸上就像被人挠了胳肢窝一样，忍不住要笑。他按捺不住内心的喜悦，回家给镰刀开刃。他用大拇指试了试锋芒，刀刃嗡鸣，如拨弄琴弦的颤音。父亲在旁边附和：油菜籽熟了，该开镰了。次日，晨露未消，大家齐齐奔向油菜地。收割、打捆、脱籽、摊晒。整齐的动作，如喜悦的韵律，连汗水都被风摘走了。

我仿佛听见了菜籽油淅淅沥沥的滴落声，还闻到了满村乱窜的老榨坊的油香。

大龙坪的铺子岭，周家老榨坊早就为预备开榨而忙碌起来，清洗完船舱式的榨膛，又给撞杆抹油，还修补了一堆木楔。周家荣是老榨坊的榨匠，也是我的远房伯父。做完这一切，他才把两只手翻来覆去，抠摸着手指上的条形茧，觉着比去年又硬了一些。其实，坚硬的撞杆在他布满老茧的手中忽然停住，也就那么一瞬间的事情。

每年开榨，伯父会抱我坐上碾菜籽的牛车架。在孩童们羡慕的目光里，我吆喝牛拉着沉重的石碾盘绕着碾槽转圈儿。碾槽里是爆炒过的油菜籽，看上去浑圆饱满，还冒着刚出锅的热气。在石碾的挤压下，黑色籽粒崩碎成了松软的黄色细沙。过了晌午，我跳下牛车，把小手扎进碾槽，攥一把，松开，像握着一个刚出笼的饺子。我老练地伸出手，让小伙伴们闻闻。浓郁的香味直钻鼻腔，他们兴奋得像牛一样打响鼻。我又把饺子递给伯父看。伯父露出酒后微酡的神情，微眯双眼。饺子的形状全在松与紧的分寸里。伯父把饺子捏散了。他用指头揉捻两下，拍拍巴掌，咧开嘴巴笑：可以上锅蒸啦。

高高隆起的地灶上坐着水缸粗的木甑。榨坊的伙计，伸出虾子一样灵活的手指头，从碾槽里掏出细碎的菜籽粉，一层层铺上蒸屉。大铁锅里的水，沸腾得咕噜咕噜响，像无数泉眼在涌动。袅袅冒起的蒸汽，变成了一团迷失方向的云，绕着房梁乱窜，总是找不到回家的路。只有几小缕云丝顺着瓦缝溜了出去，剩余的雾团子又像攀登城堡失败的兵士，从上面滚落下来，回到新的攻城大部队。气流循环往复，云雾迷蒙，一副要把老榨坊带入梦境的样子。让人昏昏欲睡。

榨坊里的榨工果然都要盹过去了。水蒸气悄悄将锅盖顶开一道缝，发出噗噗噗的怪响。伯父忽地一激灵，跳着脚催促，该踩饼啦！其实流程一直就这样，短暂的停顿不影响连贯。榨工们开始把扎成束的稻草铺进铁榨箍，齐齐摆放在地上，如花瓣密集的硕大菊花，场面生动。湿漉漉的菜籽粉散发着褐色的油光，被一铲一铲地填进花冠式的稻草丛中，再用力拢回来。榨工不停地用脚将蓬松的菜籽粉踩实，动作轻盈而富有力量，像在跳踢踏舞。被踩得瓷实的菜饼，状如打坐的蒲团，一摞一摞地垒叠起来，拔节一样往高处生长。

装膛是一件麻烦的事情。榨膛由一棵几人合抱的整木挖凿而成，通体油光发亮，百年油渍包浆，已看不清木材的纹理。伯父把菜籽饼一个接一个地喂进榨膛。要把所有的菜籽饼全装进去似乎有些困难。他像一个贪玩的孩子面对一堆复杂的积木，陷入了短暂的困顿。他歪着脑袋想了一下，把塞进榨膛里的松垮垮的菜籽饼重新调整一番，终于全部装进去了。看着刚完成的杰作，他的脸上有些得意，但没人理会。榨工们在忙着调整木楔。伯父只好端起一副没话找话说的样子，我把饼已经装好了，就等开榨啦。

启、承、抛、拉、撞，开榨的高潮，全在撞榨。悬吊的撞杆立起来的瞬间，榨坊里的一梁一柱，似乎都有了一股阔大的气象和奔腾的动势。飞翔的撞杆是雷声到达之前的那一记闪电，随着“嘭”的一声巨响，房梁的榫卯震颤，屋顶也筛糠一样抖，疑心木榨机都要散架了。屏息之间，却听见油珠子淅淅沥沥的滴落声。榨膛里的油饼彼此挤压，神秘的汁液瞬间弥漫出缕缕奇香。我像猫一样溜出门，开始昂起头往家里飞奔。我要回去报喜，可以换新油啦！

我还没跑到家。菜油的香味早已凌空抵达，村里人都知道周家老榨坊开榨了。

等我回来，榨坊门口已排起了换油的长队。三斤三两油菜籽换一斤油，这是祖上传下来的老规矩，无人置喙。篾织的卷帘上堆满了刚称过重的油菜籽。许多人腋下夹着一个东西，鼓鼓的，胳膊都被撑开了。那是一只饥饿的陶罐，长颈细腰，有点害羞地探头探脑。也有人掂着半人高的大油壶，肚大腰圆，像牵着一个胖小子在排队。我那时还不懂奢侈是什么意思，只是眼馋得心跳，什么时候我们家也可以换这么大一壶新菜油呢？终于看到母亲的身影了，还有她腋下的那个长颈油罐。我记得罐肚上有一小块油渍，像黏稠的釉滴，已经风干快半年了。那是一枚贫穷而充满画意的标本。我曾试图抠下来，放在火上去烤出油香。爷爷阻止了我，上面裹满了灰尘，吃不得。油菜秧子都出苗了，急什么急？爷爷让我的等待，淹没在了一大片油菜地的生长里。结果，只有一小部分油菜籽可以用来换油，大部分都会被卖掉。这有点像开玩笑。我不问为什么要这样，但我会把被卖掉的那部分油菜籽视为贫穷的叛逆者。稀缺的东西，才是值得珍惜的好东西。譬如母亲手中的长颈陶罐里，那满满的十斤菜籽油。

用新榨的油做什么席面呢？拎着长颈陶罐的母亲站在门槛处，愣了一下神。老黑狗闻到了新菜油的异香，兴奋得呜咽呜咽叫唤，伸出红亮的长舌头，去舔母亲的裤腿。母亲仓促一笑，笑容还没来得及展开，就在心中盘算好了尝新的菜谱：一盘煎豆腐，一盆炕小土豆，一碗炸紫苏叶。剩下的锅底油，刚好用来做一锅油炒饭。只要是新菜油，就会有精致的美味。

母亲从油罐里倒出一碗清亮的菜油，足有四两。她端在手里，像捧着一座小小的波光粼粼的湖泊。新鲜的小土豆，剥了皮，开水里滚一遍，捞起，沥干水分。菜油在热锅里旋转，带着小土豆跳起了锅庄舞，待土豆浑身钻出细微油泡，再文火细焖，直到通身有了包浆的色泽。娇嫩的豆腐块，在菜油热烈的拥抱里，立马涅槃，不觉已两样气质。等一面焦黄，翻身再煎，撒葱末，入盘。脆糯酥香，滋味无穷。裹了面糊的紫苏叶，更不敢怠慢，在滚油里涌动起伏，刚至金黄，就要起锅，才能保持清香脆酥。剩油都不用起锅，倒入煮好的饭，加一勺盐菜末，锅铲不停翻炒，竟然弄出饕餮盛宴的排场。我和老黑狗，绕着扑鼻的香气，欢天喜地。村庄的上空，炊烟四起，新菜油散发的香味在空中交叠，寂静而汹涌，似薄暮流动。

这么多年过去，山珍海味也吃过，但我始终忘不了令人销魂的菜籽油味道，经常陶醉在满口生津的回忆里，绝望无言。在我人生美味的天平对面，觉得没有什么美食能和古法木榨菜籽油相比，且不说饱含其间的诗意乡愁。如今机榨的桶装食用油，对付肠胃还行，勾引味蕾尚且不易，更别说治愈乡愁了。这段话像谣言，我都不好意思对人说。

突然想起某古榨坊的一副对联，上联：榨响如雷惊动满天星斗。下联：油光似月照亮万里乾坤。横批：人间美味。用这副对联怀念“舌尖上的乡愁”很合适，用作致敬“记忆里的味道”的征文主题，也是刚刚好。

陈　刚　土家族，1974年生于湖北五峰。中国作家协会会员，中国化工作家协会副主席，湖北省作协第十三届签约作家。曾获人民文学奖、全国少数民族文学之星等。

青石板上的酒宴

（散文）

◎ **陈茂智**

每次回乡，从穿村而过的小溪边走过，我总会在村头那棵柿子树下的青石板上停留很久。要是夏天，我会脱了鞋，盘腿坐在青石板上，有时也会赤脚在溪水中玩上好一会儿，享受这难得的宁静和清凉。

这块青石板平滑温润，光可鉴人，每次在此驻足安坐，我的思绪难免浮想联翩，一些久违的人和事总会清晰地出现在时间的光晕里。这其中，就有我尊敬的族中长者玉文阿公。

那时村里家家户户都穷，一日三餐多是稀粥。每到农忙季节，溪边都是一溜儿或大或小的黑黝黝鼎锅。鼎锅或者坐在垒砌好的石窝子里，或者用一根扁担、木棍挑在溪水上，锅里面无一例外都是刚煮好的稀粥。散工回来，各家的人会到溪边固定的位置，把凉好的粥连锅端走。一锅粥不论稀稠，好歹是一家人一日三餐活命的饭食。

只有玉文阿公不会端粥回家。小溪就在他家后门，进门出门方便得很。他家人口多，煮粥的锅子特别大，敞口、高腰、大肚子，满满一锅粥提回家去很费力气。也因为他家人多，锅里的粥比别家的更稀，即便是粥凉透了，也很难插得稳一双筷子。

每次开饭，玉文阿公会把第一碗稠一点的粥端给病在床上的秀英阿婆。出来的时候，饭碗上叠一个装了咸菜、泡菜的粗瓷缸，手上定然会有一个酒瓶子。他把碗筷、酒瓶摆在桌子上，然后拿一把竹椅子放在溪沟里，赤脚坐在竹椅子上喝酒、吃菜、喝粥。溪水清凉，有小鱼在他的脚趾缝里钻来钻去。有一次，他的一个脚趾被螃蟹夹了，吓了他一跳，惊慌中把石板上的酒瓶碰到溪沟里。他顾不上看自己的脚，赶忙伸手把酒瓶捞上来。幸好酒瓶没摔破，他在裤子上擦了擦，然后稳稳当当放在石板上。

那个酒瓶子很特别，发绿的厚玻璃，上面凸写着几个字。这几个字很吸引我，玉文阿公说，认出这几个字来，就能得到一把香花生。玉文阿公的下酒菜很简单，几根酸豆角、两个泡辣椒，或者一把火煨花生。我很馋他下酒的煨花生，遗憾的是，玉文阿公考过我很多次，我都不认得，错过了吃煨花生的那份口福。直到我开蒙读书，好不容易认得其中的一个“大”字，得到了三颗外壳焦黑、米粒喷香的煨花生。读完一年级，我总算认得酒瓶上四个字中的三个字：“贵州大——”可还是有一个字认不出。玉文阿公提示说，是繁体字。那个字左边是“麦”字，右边是“曲”字，我读“贵州大曲”，玉文阿公指着青石板上那堆煨花生说：“回答对了，你随便抓!”

玉文阿公说，这瓶贵州大曲很珍贵，是他放排到长沙时一个贵州伙计送他的。“晓得不？这可是贵州茅台酒，全世界最有名的酒!”他把酒瓶里剩下的红薯酒倒进碗里，把瓶口放在我鼻子下面让我闻，说，“酒香吧？连酒瓶都是香的。”我闻了好几口，没闻到酒香，只闻到一股红薯酒糟冲鼻子的味道。他拿过酒瓶子，鼻子凑近瓶口，用手掌扇了扇，很陶醉地猛吸一口，说：“香得很啊，你个屁孩子不喝酒，贵州大曲的味道你哪里闻得出来!”见我疑惑，又说：“年数久了，红薯酒装多了，是有点红薯的味道。”

因为是来自贵州茅台镇的美酒，玉文阿公把这个空酒瓶也视为珍宝，每次喝酒都用这个酒瓶装酒，无论是米酒还是红薯酒。还别说，这个酒瓶摆在青石板上，很能镇住人的。那喝酒的架势和排场，让全村老少都很羡慕。

玉文阿公嗜酒，每餐必喝一碗酒，这是他当放排佬时养成的习惯。

他那一辈，村里有两个放排佬，他是其中一个，另一个是跟他去的，在放第一河木排时，还没到道州就掉落潇水差点溺亡，当即就被退回村里种田。

玉文阿公从年轻时就放排。他有一身好力气，也有一身好水性。听人说，秀英阿婆就是他放排到零陵时，两人在码头上认识的，等他把木排放到长沙，转回来时，秀英阿婆就跟了他。

放排是体力活，从江华瑶山扎了木排沿着潇水往北，过道州、零陵，再入湘江下衡阳、湘潭，到长沙，千儿八百里的水路既漫长又寂寞，没有酒的陪伴是很难熬过来的。

以玉文阿公的资历和放排功夫，他是可以进县里的木材水运局的，无奈上有老、下有小，家里劳力紧缺，全靠他挣工分养家糊口，他也只能回家务农。

田地到户的时候，种田人的光景好了很多。溪沟里凉粥的鼎锅少了，家家户户每餐都能吃上白米饭。玉文阿公还是习惯在溪边青石板上喝酒吃饭。酒是自家做的小锅米酒，仍用那个酒瓶子装着，跟饭菜一起摆在青石板上。佐酒的菜也丰盛了很多，每个集日他会到集市上买点猪肉、豆腐，也常有自家熏的腊鱼、腊肉，当然必不可少的还是酸豆角、泡辣椒、炒黄豆和煨花生。

菜足酒丰，他坐在溪水里的竹椅子上，喝酒更来劲了。天热，遇到泡辣椒的辣劲足，玉文阿公经常是满头大汗，他扯了搭在竹椅子上的汗衫，在头脸上抹个遍，然后又端起酒碗美美地“嗞”上一口。跟着又是夹菜，剥花生。一个长长的红泡椒，只够他三两口；有时花生米落在水里，他会弯腰去捡起来，实在找不到他也会用脚巴掌翻找一下。他坐在溪水上吃饭喝酒的味儿实在惬意，让儿时的我们忍不住心生效仿之念，经常趁他下地干活的时候，将他的竹椅子摆在溪水里，将破碗、瓦片、石头摆在青石板上当酒菜，几个人轮流坐在椅子上，模仿他的样子吃饭喝酒。

玉文阿公视他的竹椅子和青石板为宝物，生怕别人损坏和污染。看见有人坐他的椅子，或者在他的青石板上捶柿子，总会呵斥、驱赶，甚至责骂。夏天，柿子还没熟，但青柿子里面的柿米却香糯可口，是我们最爱吃的零食，我们常捡了落在地上的柿子，在溪边的石板上把柿米砸出来吃，有贪嘴的也会偷摘树上的柿子。柿子是玉文阿公家的，捶柿子的青石板又是他钟爱的“酒桌”，玉文阿公把这些都看得极严，被他逮着的孩子少不了挨他的栗暴。

玉文阿公对别家的孩子很凶，唯独对我总是和风细雨的。他容许我坐在青石板旁边陪他，看他喝酒，听他讲年轻时放排经历的故事。这大约是我家与他家是隔壁邻居的原因，他家那棵柿子树上掉落的柿子经常砸在我家瓦背上。还有，他酒瓶里没酒的时候，会叫我回家去给他打酒来喝。他夸奖我母亲做的米酒特别好，不像别家的米酒像掺了水一样，瘪淡！

说实话，我很佩服玉文阿公，他年轻的时候居然走了那么多、那么远的大地方，肚子里装了那么多让我着迷的天南海北的故事。他讲放排佬“排上是斋公、撑排是虾公、上岸是相公”，我不懂，习惯打破砂锅问到底要他解释给我听。他说，放排人苦啊，为了赶丰水期跑水快，十天半月在木排上不得上岸，一日三餐没肉吃，只能像戒斋的和尚那样吃咸菜和霉豆腐；出力撑排的时候，全身赤裸，背脊弯成一张弓，就像进了热锅的红虾子；木排到了商埠码头，交了货得了钱，人就潇洒得像个公子哥，可以进馆子喝酒啦！

我清楚记得玉文阿公教我喝酒的事，那次我逃学，在稻田的禾沟里捉了半脸盆泥鳅，母亲除了给我一顿“竹笋炒肉”，还发了脾气把我按在溪水里吃水，幸好玉文阿公听到我的哭声赶来“救驾”，把我从溪沟里救了起来，顺便把母亲要倒进溪水里的那半盆泥鳅也抢了过去。他把我拉到他家里，煮了一大锅泥鳅，留我吃饭，还给我一小杯米酒。我只喝了一口，舌头、喉咙就被酒辣得不像是自己的。玉文阿公大笑说：“没用，酒都不敢沾！”他借了喝酒的话教育我，要好好读书，考大学到衡阳、长沙，不然待在村里跟牛屁股，一点出息都没有。他指着青石板上的那个酒瓶说，以后出息了，就能喝贵州大曲这样的好酒，他也跟着沾光，搞几瓶贵州好酒来喝！

我一直记得玉文阿公顺口说的话，参加工作后也一直想买两瓶好酒送给他老人家。但苦于为生计奔忙打拼，却总未能如愿。直到有一次，家族里组织清明扫墓，我在玉文阿公坟前，给他敬上了三杯满满的贵州大曲酒。此时，玉文阿公离世已经十六年了。

陈茂智　瑶族。中国作家协会会员，湖南省小说学会理事。出版长篇小说《归隐者》《金窝窝，银窝窝》等，中短篇小说集《静静的大瑶河》，长篇报告文学《梦圆大瑶山》等。

舌尖上的春天

（散文）

◎ 张　静

野菜是和春天、和故乡一起苏醒过来的。

惊蛰过后，气候渐暖，天空脱掉了铅灰色的长袍，换了淡蓝的薄衫，连云朵也轻巧起来，流动着，飘逸着，似着了新装的少女。

喜鹊也在村头的白杨树枝头上不停鸣叫着，叫得老人们坐不住了，总想下地走走。他们心头惦记的，是那片初春的田野，这春风十里，阳光煦暖，僵硬了一个冬天的土地一日日酥软，麦苗正在返青，柔柔的，软软的，像绿油油的毯子铺在田野里。

先生爷识文断字，是村里的教书先生（按辈分叫爷，实际上并不老），我们三年级的语文、数学、常识、美术、音乐等，他一个人几乎全包了。这满大地春分荡漾的时候，先生爷正文绉绉地带着我们朗读范文：春天来了，地头沟畔是最早的标志。你瞧，那小草刚露尖尖角，远看淡淡的，走近了，却似有似无。俯下身子仔细看，哦，那在春风中探出脑袋摇曳的，该是蒲公英、荠菜、车前草等，三两片叶子，或鹅黄，或盈绿，深深浅浅，稀稀疏疏，羞怯如少女，没过几日，铺天盖地密密匝匝，满地都是……他一嘴醋熘普通话惹得我们心里痒痒的，人坐在教室里，眼睛却不停地朝破碎玻璃的窗外看，仿佛田野上野菜的清香已经扑鼻而来。

先生爷用自己仅有的一点知识，教我们乡下孩子人生之初对于大地最早的认知，也是最简单的植物学、最朴素的自然课。因为他深深懂得，是这些野菜喂养了村里几辈子，使得他们骨子深处也藏有草木和泥土的品质，比如生生不息、敦厚温良、清新质朴……这些都是必须让后世子孙铭记终生的。

在众多的野菜里，最好吃的，莫过于荠菜了，它属于耐寒植物，喜冰凉，扒着地生长。小时候，和村里伙伴们一起挖荠菜，回来的路上，若是碰上先生爷，准会被挡住去路，对着我们笼子里的荠菜说教一番。诸如，一本正经地问我们，知道《救荒本草》吗？里面记载荠菜在灾荒之年是代粮充饥之物，贫穷之人视其为宝，要记得善待和珍惜呢。

过了两日，再碰上我们时，依然会考问：“娃们，荠生济济，故谓之荠，谁说的？”

伙伴们你望望我，我看看你，面面相觑，懵懵懂懂，就剩哭丧着脸，摇头了。

“猴崽子，一天就知道贪耍，前日语文课上刚讲的，咋转个身子就忘记了？”先生爷很失望，一边叹气一边摇头，完了又开始谆谆说教起来，“看来，爷还得给你们再讲一遍，这是明代李时珍《本草纲目》里讲的，是说小小荠菜能济世济人济苍生，功莫大焉。”

讲完，依然指着我们一个一个问：“记住了没，一锅糊糨子？”

“嗯，嗯，记住了，记住了。”

我们连连点头，他这才背着手，转身而去。

这一幕虽然过去很多年了，但我至今难以忘记，并为自己小时贪玩，不喜读书，孤陋寡闻而感到脸红和羞愧。

先生爷的话不无道理。就拿我家来说，祖辈都是贫农，哪有钱买菜？春天里，母亲下地回来时，顺便会挖一大把长得茂盛的荠菜，择干净后下到锅里，顿时，碗里的白水面条被几片鲜嫩翠绿的荠菜点缀得美好无比，食欲一下子大增。

荠菜的吃法很多，可以凉拌、煮汤，也可包荠菜饺子、烙荠菜馍、擀荠菜面，这些都是青黄不接的贫瘠岁月里节约粮食的做法，起初觉得好吃，可吃多了，吃久了，就有些见不得了，甚至好几回，我会看着满碗的荠菜心生厌恶，继而发愁。那个时候，我好想一筷子从碗底挑上来的，多几根长长的白面条啊！

相比之下，我最爱喝荠菜豆腐汤。做法很简单，乡里人做的手工豆腐，切小方块，荠菜洗净、沥水，干香菇发泡、切条。锅水烧开，放入豆腐、香菇，入雪花盐，轻搅，至沸，加荠菜叶，再用小半勺淀粉勾芡，淋几滴芝麻油即可，入口鲜美。难怪宋代大诗人苏轼有诗云：时绕麦田求野荠，强为僧舍煮山羹。着实不假。

村子里的八爷对婆婆丁情有独钟，墙角、塄坎、河边、沟壑，随处可见，很容易寻到。其叶子呈齿状，浅绿色，掐断细长的茎后有白色浆水冒出来。口味略苦，可生着蘸酱吃，也可以将水烧开，撒一些盐，再将婆婆丁放进去，略焯，入凉水浸泡，再与辣椒丝、蒜片一起素拌，淋香油，入嘴，起先有苦味，细咀嚼后，竟有初春般的清新。

每年春天，八爷家的窗台上、房檐台、墙角处，晒了很多婆婆丁。不过，那时，我还小，并不知晓婆婆丁的药性，倒是很喜欢挎着篮子唱那句“我是一颗蒲公英的种子”，更喜欢用嘴巴吹婆婆丁生出的花序，丝丝浅浅的白絮，轻轻地，四下飘散，似要将一个乡下孩子年少的梦想，顺着风，顺着阳光，顺着村子，一路飘，飘到很远的、令我神往的地方。

上初中后，在植物课上，才知道了婆婆丁神奇无比的药性。诸如性味甘，微苦，寒，有利尿、缓泻、退黄疸、利胆等功效，尤其对祛除热毒、黄疸、咽痛、肺痈等，药到病除，神效得很。后来，玉秀婶的男人患了白血病，要用骨髓移植才能活下来，可乡下人穷，哪有钱啊，只好从医院回来，慢性等死。

那日，八爷看了玉秀婶的男人后，嘱咐她说，用婆婆丁试试，生吃、炒食、做汤……又给配了些其他中药，让玉秀婶熬制成汤，一日三次，竟然活了下来，比医生预计的多活了十年，真是奇迹呢。

清明前后，榆树开花了，一嘟噜一嘟噜缀满了枝丫，我们叫它榆钱儿，因其形圆薄如钱币，故而得名，很好吃的。一到放学时间，伙伴们三三两两结伴去摘榆钱。在树下，我们先把书本倒出来，背着空书包，抱着比腰身还粗的树干，憋足了劲，爬上去，骑在粗大的树枝上，一只手扳着树枝，另一只手大把大把地捋，嘴也不闲着，直到书包捋满了，小肚子也装饱了。

榆钱不但可以生吃，还可以做榆钱饭、榆钱粥，或蒸或煮，都是美味。我最喜欢吃榆钱窝窝了。将榆钱捋下，用水洗净，同面和在一起，做成窝窝，上锅蒸熟了，面粉的清香，榆钱的野味，浑然一体，香甜可口。我祖母喜欢将榆钱在热水里焯一下，佐以葱花油盐，搅拌均匀，烙成薄饼，裹上蒜泥，或放少许辣椒，吃起来更是外焦里嫩，香味四溢。不过，我三叔是木匠，他最关注的是榆树的材质，枝干坚硬，是农家盖房子的上好檩条。他说榆树板材花纹好看，是做家具的好材料。树皮，是天然的黏合剂。就连剩下的余料，三叔也绝对不会浪费，他会做成一根根擀面杖，东家一个，西家一个，擀出来的面又柔韧又筋道，人们用了都说好。

还有一种叫小根蒜，也称薤根。茎叶细长碧绿，如细葱一般，根茎处有结，形如蒜头，食之蒜味。可蘸酱生食，辣味甚浓；也可入醋腌制，味道鲜辣，令人食欲大增。因小蒜叶子上时常带有露珠，古代又称薤露，从先秦到汉代，人们常食薤菜，又把它和露珠联系在一起，预示人生虽则短暂，但却生生不息。

在早年，北方的初春，贫瘠人家的日子多数青黄不接，小根蒜实是饭桌上一味上好的美味，母亲更是顿顿要将其凉拌，作为早晚熬各种粥的主菜。后来，读的书多了，知其乃一味药，除抗菌消炎外，还能帮助消化，若将小根蒜与一些中药搭配使用，还能治疗冠心病、肠炎、气管炎等多种疾病。

小根蒜一般在三月中旬土壤解冻时开始生长，夏季高温期开始休眠，冬季土壤解冻后，以小鳞茎在地下越冬储根，春秋季节生长最旺。这一点，还是成家后婆婆告诉我的。婆婆家地处咸阳北塬，沟壑纵深，很适合小根蒜的生长。春秋两季回老家，总会看到婆婆的窗台上、院子里晾晒了好多小根蒜，白秆，白根，像胡须一样。婆婆说，果园里，河沟里，到处都是，挖回来的，凉拌可吃，剩下的晒干，三十多元一斤，有专人上门收购。

上周末，朋友去西山游玩，回来送我很多荠菜，择净清洗，包了饺子，是久违的、熟稔的味道。又一日，开饭店的同学电话相约，说有香椿野菜，让几个儿时伙伴前去品尝。入口，味道鲜嫩青翠，香气浓郁，不愧盛名。归来，总念及，想再去品时，他咧嘴笑我，长老了，早吃不得了。不觉感慨，原来，这根植于心的味蕾，任时光老去，亦还是有最初的欢喜啊！

张　静　中国作家协会会员，鲁迅文学院陕西中青年作家高研班学员。出版散文集《散落的光阴》《以另一种方式抵达》《故乡是一蓬草》。

饮酒菜

(散文)

◎ 岑叶明

想不起多少天没吃肉，馋死。

不用看见肉，听到“肉”字，口水立马决堤。

姑姑带回来的饮酒菜放在橱柜里，香，想吃！可才下午三点，离晚餐还有三四个小时，太久太久了。把口水吞进肚子，它们反流上来，我又吞，像藏有沙子，干涩，硌喉。

父亲挑起扁担，两边挂着盛满尿的黑色水桶去淋菜。时机到了。我蹑手蹑脚挪到橱柜边，不放心，又跑去门口等一会儿。父亲没回头。我闪回去，解开红色塑料袋，肉味勾住鼻子。里面还有个白色塑料袋，都是油，不好解，想撕破又不敢。是死结。我急了，手指用力，捅破一个洞。

手指冰凉，菜应该在姑姑家的冰箱里冻过。伸出手指吸一口，凝结的油化开，一股电流从嘴巴传到头顶，撒去全身，舌头张开无数的洞，挤出一股股唾液。再伸手指进去，碰到一样硬的东西，用指甲刮出来，塞进嘴巴。我用力嚼，骨头咔嚓咔嚓碎裂，受不住了再一股脑吞进肚子，也不知是什么肉。

奶奶突然喊我，吓我一跳，连忙绑好袋子跑出去。

吃不过瘾，继续期待晚餐，有点忐忑。

父亲回来，撕开袋子，把菜切小，倒进铁锅翻炒。没发现我偷吃过。我悬着的心放下，猛地往灶头里吹气，火大了起来，没几下菜就熟了。

灯光昏黄，桌上只有一大碟五颜六色的饮酒菜。香味已灌满这座矮小的泥钻瓦房，灌满我瘦小的身子，各个器官震动，准备好了大干一场。肉皮、白斩鸡、烧鸭、炒鱿鱼、芋头扣肉、焖猪脚……手中的筷子起起落落，挥出残影，夹到什么都往嘴里塞，软的、硬的、脆的、韧的……吐出骨头，嚼啊嚼啊，蠕蠕舌头，往肚子里推，各种味道反涌，香、甜、咸、辣、酸……吃到胀胀饱饱，满足死了。

姑姑知道我家难买肉，常拿饮酒菜回来，还会问别人要多点。有时一拿就是几袋，吃一餐又一餐。时间久了，把表面炒焦，可以覆盖臭味。炒了十来次，拳头大、有弹性的肥肉变得拇指大小，硬邦邦、黑黝黝的，吃不出的肉味，可想到是肉，还是舍不得丢，咬在嘴里咔嚓咔嚓响，像炭，或者说已炒成了炭。

奶奶牙齿不好，咬得很用力，满嘴黑，有点好笑。

她说："有冰箱才好，冻住。"

她想了想，又说："不好，用电多……平常也没东西冻。"

"等我长大赚钱，天天吃新的靓肉。"我说。

"好好读书才赚得到钱。"

自村有酒喝时，父亲总不厌其烦教我：饭和青菜不吃，少喝饮料，多吃肉。

小孩子单开一桌，往往还没摆完桌，就乱成一团。大家都去抢饮料，我眼疾手快，把最靓的肉夹进碗里，狼吞虎咽。吃到撑了，再喝饮料，咕咚咕咚灌，肚子比傍晚的牛肚鼓胀。

别村来的亲戚吃一餐两餐，攒菜回去，如果酒席结束了还有菜，可以自村人分。有时菜不多，不够分，先去先得，父亲或许觉得拿剩菜丢脸，让我去。有次菜少，想要的人多，我瘦小的身体被壮硕的男人、肥硕的妇女压成纸，终于抢出一袋。我抱着菜飘回家，有两人追来拦住我。

高个的说："你爸拿了一袋，这袋给我。"

"说假话，今晚濑尿！"

"我做证。"胖个的说，"我也看见，他从另一条路走。"

我不知道他们是想逗我玩，还是真想抢菜。

逗我玩可以，侮辱我也可以，要菜坚决不行。

我突然撒腿跑，绊到高个横出的脚，抱着菜的手不敢撒开，身体硬硬倒地，砸起一片灰尘，手肘擦破，尖石刺进肉里，痛感直冲头盖骨。胖个探手要抢，我化身癫狗，甩出嘴就咬，咬出一股汗酸味。他扬另一只手扇我脸。脸疼得像抹了热辣椒。我滚动身子，哇哇大叫。高个、胖个一起上，连踢带捶，十分混乱。我哭得天崩地裂，不忘死死捉住菜。

不记得挨了多少脚、多少拳，眼看要被抢走，我把袋子扯破一个口，一嘴扎进去。高个把我剥开。我猛地朝菜吐口水，吐完继续哭。

高个抢到了，但有我的口水，不信他敢吃？

“有妈生没妈教的穷佬！”

高个高举菜狠狠拍在地上，胖个临走又给了我一巴掌。我哭着把菜和尘土扒进袋子。回到家，父亲问我怎么回事。我不敢说被抢，怕父亲拿铲子追上门拍他们——以前有人欺负我，他就是这样做——打伤了没钱赔。

“摔了。”

父亲一顿臭骂，命令我把菜洗干净。

细石嵌在肉里，辨不出，洗不净，在大铁锅里翻几番，铲子探到锅底，沙沙响。吃的时候嚼太快，石子在牙齿间崩碎，哐当一声响，脑子被震得发麻。要慢慢嚼，嚼到石头，吐在手上，去用水洗洗，漱漱口，抛到嘴里继续嚼。

有石头的肉，到底也还是肉嘛，吃到炒焦，就分不清了。

多年后和高个、胖个谈起这事，只是笑笑：“那时小孩子嘛，不懂事。”这样讲，也没啥好追究。

好多事如摔倒时荡起的好多灰尘，轻飘飘飞走。

我成了大人。读大学出来，有工作了。应酬多，桌上的菜摆得满满，比饮酒菜精致，比饮酒菜贵，比饮酒菜讲究，还不用自己出钱。总要吃饱、吃够、吃撑，身子逐渐肥胖，十年前的野瘦猴变成家养的圆猪。

还得喝酒，黄的、红的、白的，一杯杯灌，停不下来。身体发出警告，肥肉把骨头拉得咔嚓响，肠胃像二十年不换油的变速箱，动作时总卡壳。对靓肉的渴望刻在骨髓里，不吃不甘心，越吃越难受，到了临界点，肠胃扭动起来、嚎叫起来、抗议起来，跑到厕所，弓着身子，张开嘴的瞬间，吞下去没多久的食物从食道喷射而出，比八九岁时的尿都喷得远。吐完晕乎乎，得快点收拾，怕别人看见笑话，缓一下，洗把脸，回去继续喝。不敢不喝，怕自己没用，怕工作保不住。

小时候能爬最高的树、攀最细的竹，现在虚弱得走路都累，常常深夜难眠，头痛欲裂。体检结果出来，肠胃炎，医生说不是很严重，可随时会加重，需要静养。工作好像没命重要，去他妈的，不喝了，谁说都不喝。领导是好人，爽快地说，不想喝就不喝呗，我帮你喝——好多人说，成长是认清世态炎凉的过程，可我长大后遇上的好人比坏人多，是因为自己变得有用、变得强大了吗？

开始锻炼吧，把身体还给那个要强的自己。

跑步，膝盖痛；去健身房练，浑身痛。坚持坚持，就不痛了。好像早在儿时，我就无师自通，知道坚持的重要：坚持读书改变命运的观念，坚持成为作家的理想，坚持不去害人的良知。坚持着坚持着，渡过了难关，汗如雨下，排出阴郁的元素，身体慢慢绷紧，动作逐渐灵活，思维也轻盈了许多。

好像有点拒食。不是厌食，还是很能吃，但不喜欢带着某些回忆的食物，比如饮酒菜。帮结婚的同事做过几次伴郎，看着满桌的菜，没有下咽的心思。小时候跟父亲说，喜欢吃肥肉炖苦瓜、鸡鸭下水煮菜心、油渣炒豆角、埃及塘角鱼配米椒等等，大多是因为便宜，贵的东西不敢说，说了也买不起。现在想到这些东西就反胃，尤其鸡鸭下水，买没处理过的最便宜，切开鸡肾挖出消化未完成的食物，用筷子穿肠挤破溅得满身屎水，撕出稀碎鲜黄如蜘蛛网的鸡油……那些腥臭味会残留在身上好久，直至今日，好像还能闻到，怎么搓洗都无用。

离开村子读书工作后，回家的次数少了。每次回去，父亲总要想方设法做好吃的菜。他总觉得我过去认为好吃的，现在也喜欢吃，喜欢做很多，要逼人吃到吃不下。拒食那段时间，吃不了多少，他反复唠叨，多吃点，多吃点，还是吃不了。他生气了——他就这样，不按照他喜欢的来就生气。

我也有脾气，不想忍了，浮在脸上。

父亲说，你小时候偷菜，我都知道。我以为他要激我，正要反击，瞥见他眼神暗淡。他有点失落，说：“以前难，没东西吃，对不起你们。”他这农村汉子，以前赌钱输了骂骂咧咧砸东西，教育孩子上手就打，哪有这么煽情过？我有点不适应，不知作何言语。

我轻轻深吸一口气，过了好一会儿才说：“没事，过去了。”埋头吃起来。

鼻子有点发酸，应该是吃太快呛到了吧。

岑叶明　中国作家协会会员，鲁迅文学院第四十六届高研班学员，贵港市作家协会副主席。出版小说《远大征程》《太阳熄灭》。

用灯火煮酒

（诗歌）

◎ **杨胜应**

没事的时候就提一壶酒去山顶喝
到了山顶也不要着急，还得再等等
等月亮升起。这时候用山下的
灯火煮酒，酒的味道就像美人
如果月光落在了酒杯，就像是位出浴美人

你不是峨眉山下来的尼姑
也不是刚从嵩山还俗的僧人
要学学鲁智深，要学学武松，白天饮酒记住一个人

晚上喝酒等着一群猛虎上门

就凭一个敢醉、擅醉、必醉就可以多伤一颗心

杨胜应 苗族。中国作家协会会员，中国少数民族学会会员，鲁迅文学院第三十九届高研班学员，巴金文学院签约作家，南充市作家协会副主席。著有长篇小说《川北风》、散文诗集《从内心出发》。

二十米外，“椒肉”飘香

（散文）

◎ 罗 铮

从食堂大门挪到窗口，似乎是生命中最长的二十米。每当回忆起等待“椒肉”的过程，母亲总是感慨万千。

二十世纪五十年代末，母亲出生于赣南的安远县龙布镇。外公在镇粮管所工作，靠一点微薄的工资养家糊口。外婆每天早出晚归，给人扛麻包挣点辛苦钱。三年后，小姨呱呱坠地，加上三个舅舅，家境着实艰难。养了几只母鸡，日用品都来源于它们产下的鸡蛋。外公外婆天天精打细算，下多少米，严格用刻度衡量，这顿加一丁点儿芋头吧，下顿的青菜可不能放油了。除了过年，五兄妹基本上吃不饱饭，只能端着搪瓷碗舔了又舔。至于糖果零食，更是天方夜谭。

粮管所名义上管粮，实际上员工并没有特殊的福利，远非不知情者猜测的“近水楼台”。唯一的褒奖，只是每年春节前给员工们加一次餐。所谓加餐，也就是一份辣椒炒肉配几片绿叶菜，但在当年已是难得的佳肴。人们为了节省字数，把辣椒炒肉简称“椒肉”。外公从来舍不得吃，都让给孩子们。起初舅舅们沾了光，等到母亲和小姨长大些，加餐就成了母亲和小姨的专属。

加餐头天晚上，母亲和小姨就兴奋得睡不着觉，一直在被窝里挨时间。第二天清晨，歇息了没多久的精气神，又迅速被“椒肉”的诱惑激活，两姐妹赶紧起床，随意梳洗一阵，便到粮管所附近转悠。临近中午，母亲和小姨早早守在食堂门口，远远巴望着那一口大锅。虽然至少在二十米开外，但辣椒裹着五花肉的清香依然飘进了母亲和小姨的鼻子里。她们用力吸着这股香气，仿佛这就是全世界最顶尖的美味。年幼的小姨总被辣味呛着，喷嚏打个不停，但她仍然倔强地让这股香气蔓延体内。敬业的外公总要把手上的工作处理完，每每姗姗来迟。同事们都催促：“老袁，你的两个丫头都等了一炷香工夫了。”等外公匆匆跑到食堂时，队伍早已排到了大门口。两侧的餐桌上，盆满钵满的员工们纷纷拉开架势：有的左手一把勺，右手一双筷，左右开弓。有的几乎把头埋进碗里，前额汗珠直冒，吃得那叫一个香啊。有的把珍藏了一年的烧酒和花生米带来，呷一口，拍一下桌子，像是庆祝盛大的节日。“椒肉”的醇香弥漫着整个食堂，可把母亲和小姨馋得垂涎三尺，不住地埋怨外公，外公只好赔着笑敷衍：“好好好，下次一定早一点!”

终于来到大锅跟前。锅里的红辣椒和青辣椒色泽鲜亮，浸透了酱油的五花肉上，泛着点点油泡。母亲和小姨紧紧盯住外公递进去的碗，又紧紧盯住打菜师傅的勺。舀了满满一勺“椒肉”，打菜师傅正欲将碗递出，母亲嘴里嘟囔着：“多加一点嘛。”小姨更是直截了当：“再来小半勺吧!”心软的打菜师傅笑着又添了小半勺。及至坐定，两姐妹急忙把饭菜一分为二，也顾不得计较谁多谁少，迅速狼吞虎咽起来，似乎吃进肚里的不是普通饭菜，而是难得一见的山珍海味。外公则点起一支烟卷，悠闲地欣赏女儿们大快朵颐，一会儿这个辣得汗涔涔的，一会儿那个又烫得伸伸舌头。烟还没抽完，各自的碗就吃了个底朝天，连一点辣椒末都不见踪影。母亲和小姨摸摸圆鼓鼓的肚子，总希望一年一度的饱腹感再多停留一刻。

1917年，外公出生在广东梅州的一个集镇。两年后，外婆出生在广东汕头的一个村庄。他们从小下地干活，放牛砍柴，照看弟妹，虽然家徒四壁，但家人相濡以沫，其乐融融。不承想，温馨的生活被日本人的侵略彻底击碎。逃难过程中，外公和外婆都与父母弟妹失散，只好饥肠辘辘地跟着人流，钻进崇山峻岭。机缘巧合，他们都将龙布镇作为落脚之地，而且出于同乡的渊源和纯朴善良的品质，二人喜结连理，白手起家。起初，镇上的原住民总把他们视作外人，时常排挤数落。但外公外婆从不放在心上，坚持与人为善、以诚相待。街坊邻里有什么需要帮忙的，他们都主动搭把手，不取分文。慢慢地，大家从心底认可了勤劳憨厚的外公外婆，完全接纳了他们。他们的脑海中丝毫没有重男轻女的封建观念，反倒更加偏爱两个女儿，为此舅舅们难免有几分嫉妒。

直到进城工作，母亲才终止了与加餐饭的缘分。但“椒肉”的香味，已经深深萦绕在母亲的心扉。更重要的是，那半份“椒肉”，是母亲童年重要的精神支撑，是一生中最纯洁真挚的期盼。每隔两三天，母亲就要做一盘“椒肉”，既是怀念父母，也是忆苦思甜。久而久之，“椒肉”自然成了母亲最拿手的菜品，我也成为“椒肉”的忠实“粉丝”。特别是小姨来访，“椒肉”永远是绕不开的话题。

在江西，辣椒炒肉是一道再普通不过的菜品，家家都会做，也是饭馆里的标配。有的饭店干脆把它作为店名，以彰显赣菜的特色。不过，无论饭馆里的“椒肉”如何精致，颜色如何鲜艳，我总觉得不如母亲做的好吃。我多次当面“偷师”母亲的手艺，其实工序十分简单。选择肥瘦相间的五花肉，切成薄片放进碗中，加入少许盐、生粉、老抽和料酒，抓匀后添加少许油，既使猪肉更加嫩滑，也可防止炒制时粘连。辣椒则选用微辣的青椒或螺丝椒，切成块或段。再配好大蒜、姜丝、豆豉等作料。起锅烧油，先倒入五花肉滑散，至变色后捞出。锅中留底油，下姜蒜爆香，再放辣椒翻炒，适时添点盐、生抽和白糖。最后加进炒好的肉片，待辣椒和猪肉均熟透，即可撒些豆豉，出锅装盘。辣椒的香，猪肉的香，与姜、蒜、豆豉的香交织在一起，屡屡让我直咽口水。

我自己成家后，家里主要由妻子掌勺，但每次做“椒肉”时，我都主动下厨。大儿子从一开始怕辣，吃一口都要灌一大杯水，到如今吃半盘辣椒都面不改色。四岁的小儿子也不甘示弱，除了吃肉，一定要夹一块辣椒，哪怕被辣得满脸通红，依然坚持嚼烂下咽。

所谓美食，并没有放之四海而皆准的定义。或许在他人眼里，辣椒炒肉实在平淡无奇，但在我们全家人心中，“椒肉”却是美食中的极品。因为它不仅口感鲜嫩，辣味浓烈，它更是儿时的回忆，是父爱的结晶，是苦难岁月的最佳注脚。一盘“椒肉”上桌，随之而来的还有老旧的镇粮管所、嘈杂的大食堂、外公慈祥的面庞，以及飘出二十米外的浓郁香气。

罗　铮　中国作家协会会员，复旦大学文学硕士。曾获冰心散文奖、中华宝石文学奖、吴伯箫散文奖等。出版散文集《一江名赣》等。

忆父亲喝酒

（诗歌）

◎ **罗逢春**

高兴来一杯，酒从宽处落
忧愁来一杯，何以解忧唯有杜康
平常也要来一杯，人生有酒须当醉
困难年代，你就和苞谷烧角力，后来，常与湄窖较量
偶尔，也吃过鸭溪窖和贵州大曲的大亏
据我观察，喝酒是一种摔跤的艺术
起初，你总能把它们干掉，但最终
都会被它们被干翻。而医生认为
喝酒是一种客气病，张三来，你陪一杯

李四来，又陪一杯，久而久之
肝胆相照的朋友变成了肝硬化的朋友
有那么几年，你总在胜负未分之际，摔碎酒杯，念叨着
不管他了，彻底不管他了……人们以为你借酒发疯
只有我明白，眼泪也知道掷杯为号。人生杯酒
饮不尽的辛辣，尚未回甘，迷狂之美已消歇
现在，它们只在清明时节的火焰和纸灰中
通向黑暗的真理

罗逢春　彝族。中国作家协会会员，鲁迅文学院西南青年作家班第二期学员，拖拉机诗歌沙龙成员。诗集《纵斧伐柯》入选2022年度21世纪文学之星丛书。

母亲的大招

（散文）

◎　尚长文

我父亲是个参加过大庆会战和胜利会战的老石油。从小我们就习惯了跟着父亲走天涯，哪里有油哪里为家。

遗憾的是，城市里不生长石油，我们的家便一直住在最偏远的荒沙荒原大漠。这样的地方，生活条件便特别地差。我出生在大庆。在大庆，我们住的是干打垒；之后，去到湖北参加江汉石油会战，住的是席笆房；到山东的渤海滩上，参加胜利石油大会战，住的是板房，平房是后来的事儿了。

这样的居住环境，一日三餐的水平便也可以想象了。

在我的印象里，但凡到了冬天，石油人家吃得最多的便是白菜萝卜土豆什么的，就连春节也大致这么个情形。为了改善一家人的生活，把大路菜炒得尽可能对味儿，母亲没少在这方面动脑筋。

下面，我简单地记述一下母亲厨艺。

腌白菜。母亲每年都会腌制一大缸酸白菜，方法就不在此赘笔了。

我这里所说的腌白菜，是母亲腌制的蒜香白菜。通常，母亲会将白菜切开，挂在铁丝上，任凉凉的秋风吹上三五天，去掉水分后，将白菜切成细丝。再将舂碎的蒜泥、咸盐与白菜丝混合搅拌后置入密封的坛子里，三五天后，浓浓的带有蒜香味儿的腌白菜就可以入口了。

蒜香，一种特殊的浓烈的香味。

这种味道发酵后腌制出来的咸菜，绝对是白菜的涅槃版，也是此类咸菜的天花板。

搬入楼房后，没了院子来风干白菜，却也没难倒母亲。母亲同样是将白菜切成丝，之后撒上盐，简单地一揉，白菜的水分就脱出来了。随后用同样的方法进行腌制。

母亲去世后，每到秋上，新白菜上市后，我仍固执地以此法腌制白菜。

醋炝白菜。中国人，没吃过醋炝白菜的，恐怕没有。寒冷的荒原上，母亲炒醋炝白菜，总是一炒一整棵。一棵白菜炒出来得半脸盆。这半脸盆白菜，只炒到六七成甚至五六成熟。只最后出锅的，当顿吃的那盘白菜，才炒到八九成熟。

原来，炒得半熟的白菜，是母亲的匠心之作。母亲解释说，隆冬里，气温低，白菜炒嫩点，锅里的汤汁用来腌制白菜。这样的白菜腌一两天，就出味儿了。

母亲炒醋炝白菜，除了辣椒、醋、咸盐，出锅时，还会放少许的白糖。

放白糖干吗？

母亲说，提味儿！

白糖的确提味儿。这个观点，首先是母亲灌输给我的。

五六成、六七成熟的白菜，在之后的一两天里，腌进了淡淡的辣味儿、酸味儿和甜味儿。更妙的是，这样的醋炝白菜，无论菜帮或是菜叶，都保持了它最初的“生动”的样子。

每年冬日里的春节，无疑是石油人一年里难得的休闲日子。这样的时候，工友们便会相互串门聊天、拜年走访什么的。只要上门儿，来的便是客。石油人待客，没啥好东西，酒倒是不缺。

端一盘子醋炝白菜，再上一盘子花生米，下酒的菜就齐了。

顺便说一句，胜利油田所处的渤海滩上，可以种植花生。

富油包子。母亲做的食物，有不少都被她因地制宜地做了改良。譬如，母亲也做富油包子。正宗的富油包子所用的原材料，包括猪板油、白糖、花生什么的。长大后，我在四川出差时吃到过这种富油包子。母亲的富油包子，却是用炼油后的猪油渣、白糖，以及炒熟后被碾碎的熟芝麻面做的。

或许在母亲看来，肥肉膘子不炼油实在浪费，也实在说不过去。

不管怎样，母亲的富油包子都是我这辈子吃过的最好最香的，也是最美味儿的食物。

那种不可名状的香和甜，美得让人无法形容，不忍下咽。

现在，年岁儿大了，血糖高了，我不敢再动富油包子了，可那会儿是啥时候啊，是经济紧张、食品匮乏的20世纪70年代——是我这样的60后疯长个子、啥也吃不够的年代。

蒜苗炒肉。初夏里，蒜苗上市了。吃蒜苗最上讲的，自然是炒肉丝。母亲做蒜苗炒肉时，并非单纯地用蒜苗和五花肉，而是创造性地加进了胡萝卜。胡萝卜是一种奇怪的食物，我年轻时并不爱吃。毕竟，胡萝卜无论是炒还是炖，口感上都没有什么更好的感觉。当然，做胡萝卜泡菜则另当别论了。

我对胡萝卜产生好感是在中年以后。这时候已经知道了胡萝卜具有十分丰富的营养，吃胡萝卜便自觉自愿了。除了腌着吃，我个人还喜欢生吃，像吃水果一样地吃。

胡萝卜是脆的，本身带有一股甜味儿，真的可以做水果吃。

另外，我还喜欢将那些“不成器”的小胡萝卜成堆儿地买回来洗干净，放到锅里蒸着吃。

人到了中年以后，在味觉上是不是都变得很宽容，也很迁就了呢?

母亲做蒜苗炒肉时，喜欢将寸许长的胡萝卜丝搭配着寸许长的蒜苗炒。

这样的菜上桌后，带着绿色花纹的洁白精致的盘子里，盛满了绿色的蒜苗叶、白色的蒜苗本体，外带红红的胡萝卜丝，既好看，也好吃。

母亲没什么文化，一辈子平平淡淡的，实在没什么可写的。作为一个家庭妇女，她操心最多的，便是开门七件事：柴米油盐酱醋茶。做得最多的，也是怎样将茶饭搞得更可口些。不客气地说，这是母亲最大的政治。

距今十六年前，母亲病倒了。一天，我在医院里陪床。这天晚上，病房里只有我们娘俩，我给母亲擦洗完以后，把躺了一天的母亲从床上扶起来，让她依偎在我的怀里。

这样坐了一会儿，我轻声问母亲抽烟不。

母亲是会抽烟的。听了我的话，她无力地点了点头。

我将一支香烟点着，随后递给了母亲。母亲勉强地抽了半支，便将烟递给了我。原来，病重的母亲已虚弱得无力抽完一支烟了。我接过母亲手中的烟，靠近烟把儿处，有微微的濡湿。

我看了看，却没有将那半支烟放到烟灰缸。

我把那半支烟抽完了。

不是为了节省，不是的！

抽完烟，母亲看了我一眼说，儿子啊，我恐怕是过不去这个坎儿了。

我紧紧地搂着母亲，我说放心吧，等病好了，你接着给我们做饭吧。

母亲艰难地笑了一下。事实上，母亲的预感是对的。没多久，母亲就离开了我们，我也再没吃过母亲做的饭菜了。

这些年里，想母亲的时候，我就会来到厨房，按母亲生前的做法，炒一两样小菜。

去年，母亲忌日那天，我在市场上买了些纸钱。

由于到了市场，便又随意买了几样时令小菜，其中便有茄子。

那顿饭里，茄子是我亲自烧的。一切都是按母亲生前的程序来的。这里略加叙述：

将茄子横切成车轮状的圆形，而后在正反两面不同的方向，随意地走上几刀，这样，便于调料入味儿。茄子入锅，先正反两面“炕”一下，然后铲出来。油入锅，等葱姜出味儿后，把茄子放入锅内，继而，点适量的醋、少许的糖，即可出锅。

这道煎茄子菜，按我的口味，可以多吃两碗饭。母亲忌日那天，我没有向老婆孩子推荐这道菜。我只是埋头吃。我的口腔里，除了甜，还有咸。

尚长文 中国作家协会会员，国家二级作家，现居山东东营市。先后获得中华铁人文学奖、吴伯箫散文奖等。

我家的小酒坊

（散文）

◎ **赵长菊**

从我有记忆起，我家就有一座烧酒小作坊，我的母亲每天起早贪黑地烧酒，我的父亲长年累月走村串户地赶马兜售和置换烧酒。

我们兄弟姐妹五人能够帮得上什么就帮什么，能劈柴便劈柴，能撵鸡便撵鸡。几岁的我就在窖池里面跳上跳下地帮着出窖和入窖，总之一家人非常之辛苦。

特别是母亲，每天天不亮就起床，点火、出窖、上甑、挑水冷却（以前没有自来水管，得到水井去挑水）、煮粮食；每天夜深人静时还在擦洗酒坊的锅甑瓢盆。

父亲也是两头不见天，披着星星出门，戴着月光回家。父亲每天出门前告诉母亲他要走哪条道，要到什么地方，母亲就能精准地计算出父亲回家的时间，到点了还不回，母亲就会左顾右盼，如果很晚都不回，母亲便焦急地组织亲人们一起沿路去寻找。

父亲换回什么母亲就用什么，换回苞谷，母亲就烧苞谷酒；换回荞麦，就烧荞麦酒；换回青稞，就烧青稞酒；换回母鸡，就养着下蛋；换回来的母羊，让母亲没少操心，那羊认生，怎么也养不熟，母亲喂它酒糟时，它不仅不吃，反而用角顶母亲。母亲只好抽空割青草来喂它，如果把它放出去，就怎么也赶不回家，而且白天黑夜地叫唤。母亲没办法，只好托付给村里一户养羊的人家帮忙照看，条件是每月给他二斤酒，如果产羊羔，就一家一半。结果是羊羔没见着，母羊也没了，可能是被野物吃了，也可能是回它的老家羊坪子了。

更奇葩的是，有一次父亲竟然用烧酒换了一个彝族小姑娘（父亲是好意——主要是想帮那个彝族寡妇减轻负担，她有大大小小九个孩子，一个个饿得面黄肌瘦的，于是父亲就答应了那个寡妇的请求，帮她代养一个小孩，并给了那个寡妇一桶烧酒）。母亲也毫无怨言地养着，幸好没过几天，她的族人又来把她接走了。后来村里人竟然说：那个彝族小姑娘长得很像我，因为我们都有着自然卷的头发。这话让母亲听起来有点别扭，感觉有种弦外之音，但是她置之不理，慢慢地这种说法就自然消失了。

父亲每次出门前，母亲总是把午饭备好，有时是饭团，有时是烧饼，马背两边挂着两个酒桶，长长的马袋子就挂在马鞍上，里面装着吃的用的，还有给彝族老乡顺便捎的东西，一摇一晃的，父亲出门时总要在马屁股上拍一掌说：走嘞！母亲也总是那句话：早去早回！

母亲有时不放心，便差我同去和父亲做伴。父亲嫌麻烦，但是拗不过母亲，只好把我举到马背中央。母亲觉得我去给父亲做伴最合适，哥哥姐姐是她的得力助手，得干更多的活，弟弟又太小，只有我不大不小，既轻巧又灵活。

这是我求之不得的好差事！只要我和父亲同去的日子里，母亲除了备足饭团烧饼之类的午餐，还得另加几个煮鸡蛋。更重要的是，我多数时间都在马背上或者在父亲的背上……

有一回，我们要到一个叫沙坝马的地方去，那地方不仅远，道路还非常难走，我不能准确地说出它究竟有多远，只感觉非常遥远。因此早早便动身起程，我们出门时，村里人都还在睡梦中。

我们蹚过一涧又一涧，翻过一峰又一峰，有时爬上山顶，有时又下到谷底。在“之”字拐的山路上行走。有的地方又陡又窄，一边是峭壁，一边是悬崖，父亲非常小心地用一只手抓紧马尾巴，一只手把我搂在背上，等过了那段危险的路面时，父亲才把我放下来，牵着我的手走。

有一个叫滴水岩的地方，靠山的大石头像鹰头似的突出来，伸在道路的上空，人马就从石头下面穿过，石缝隙里有一滴一滴的山泉像眼泪一样地流出来，落在行人的头上。因此那地方也叫泪崖。每当要过那个地方时，父亲就让我用事先准备好的大叶子植物举在头顶，山泉滴打在叶子上，发出“滴答滴答”的声音，和马蹄“嗒嗒”的声音相互应和着，空谷显得特别寂静幽深，我害怕极了，便紧紧地抓着父亲的手。

走过那段长长的滴水路后，山路变得平整和开阔起来，父亲说我们已经翻过羊坪子峡谷了，接下来就有大片平整的草坪，有星星点点的牛羊在草坪上吃草，有穿着查尔瓦（彝族披风）的老阿普（老爷爷）蹲在树下放牧。看见我们后，就向我们走来。父亲就把酒桶从马背上卸下来，让马儿休息一下，饮水吃草，补充能量。父亲从马袋子里掏出一只木碗，从酒桶里舀出半碗酒递给老阿普，老阿普接过碗一饮而尽，把碗还给父亲，做了个拱手礼，和父亲用彝话交谈着（父亲能听懂彝话，并能简单地交流）。父亲走到一泓泉水边，把碗涮了涮，舀一碗清水放在我面前，再把午饭拿出来，分一半给老阿普，和老阿普一起蹲在草地上吃起来。吃过午饭后，马也吃饱喝足了，又把酒桶挂上去，和老阿普相互做了个拱手礼，就朝寨子中央走去。

塞子里东一家西一家全是低矮的木头房子，房前屋后全是花椒树，彝族老乡看见父亲后都从不同的方向围过来。父亲又把酒桶卸下来，把马拴在花椒树上，就开始和人们聊天，有来买酒的，有来看热闹的，有来向父亲取东西的。上次父亲来时，他们托父亲捎回来一些生活用品，所以父亲的马袋子就是个百宝箱：有盐巴、火柴、止痛药等。这些东西都是父亲原价帮他们代购的，讲究一点的人家还让父亲帮代购肥皂和洗头膏。

父亲把这些东西给他们时，有人给现钱，没现钱的又向父亲赊账，父亲记账的方式很特别，从来不记在本子上，而是谁家赊账就在谁家的门板上用火炭记下，有的人家门板上已经密密麻麻地记了一条又一条的“黑蚯蚓”，付了账的就在黑蚯蚓上画一条横线，有的黑蚯蚓已经被风吹日晒而模糊了。

赊得最多的是烧酒，彝族是个豪爽的民族，喜欢喝酒，几乎家家户户都赊购，等地里的庄稼出来后用庄稼来抵，或是等牛羊变现后付现金。总之，父亲和他们已经相互信任，打成了一片，从未有过扯皮的事。遇到特别困难的人家，几年几月都收不回来欠款，不过这也没关系，父亲说那是迟早的事，还有实在太困难的需要用现钱的，父亲也会主动借一点现钱给他们，并以同样的方式记在门板上……

不管用何种方式，等父亲处理完他的烧酒，太阳已经快落山了。看看谁家合适就在谁家吃一点东西，然后又急急忙忙往回赶。等我们进村时，整个村子又在睡梦中了。

有我在的时候，父亲虽然累一点，但好歹有个说话的伴儿，所以每次母亲提出让我做伴时，父亲并没有强烈地反对。一个人走那么长的路，该有多寂寞啊！

有一次，我们到一个叫盐井沟的寨子里，恰好碰到一户人家做毕摩，得杀羊，等我们把羊肉吃完以后，月亮已经升起来了，全村人都留我们住下，等天明再走，父亲怕母亲担心，摸黑都得走。于是全村的青壮年燃起火把送我们，一直把我们送到山垭口，我们下到山谷底，回头看去，只见远处的山顶上还亮着一排排的火把！我们还未进村，就发现村里也燃起了一束束火把，那是母亲组织起来的寻我们的火把。

父亲就这样奔走在各个彝家山寨里，风雨无阻。和彝人结为了朋友、弟兄，谁家有灾有乱时，父亲就倾情地帮助。

母亲有时抱怨道，尽管每天起早贪黑地经营着这个小作坊，累死累活，但并不赚钱。加上父亲那种性格，总有那么多的人吃吃喝喝，总有那么多的人赊赊欠欠，最后只能落下一点酒糟喂猪！

举个例子来说吧，有人赶马驮柴来卖给我家，父亲怎么也得让他喝几杯再走，如果路程远的，一定让人家酒足饭饱后再走，还得把他的马也给喂饱。母亲抱怨归抱怨，如果有人来，无论是认识的还是不认识的，她都会好酒好菜地招待着。

尽管母亲这样说，但是我觉得我家还是宽松有余，我们可以大手大脚地买糖果糕点，可以随心所欲地去看电影。

再说我家有自行车呢，这几乎成为全村公用的交通工具；还有缝纫机，每到大年三十，母亲就义务给全村小孩赶制新衣服；还有推剪，父亲只会给每个来找他理发的人千篇一律地剪锅盖头！

赵长菊 在一家乡镇企业任会计员。喜欢用文字来记录农村的风土人情、奇闻趣事。

老铁吊锅，生命里的味道

（散文）

◎　**胡美英**

吊锅的味道，是松树根的味道、松针的味道，是芭茅草的味道、柏树桐树的味道，是粮食的味道、家的味道、亲情的味道。

一

酒倒进白瓷小盅里的时候，一股绵软的醇香，与铁吊锅里七荤八素的菜香暖暖地融在一起，钻进每个人的鼻孔里，温温的年味，就神圣地烙进了我们幼小的生命里。

炒熟的白萝卜片软软糯糯，与发泡煮熟的海带、竹笋干紧密糅合在一起，夯实吊锅的底料。再铺上粉条、父亲亲手磨制并经过油炸后切成一片一片的豆腐片和酱红的大枣，吊锅基料就基本堆砌了起来。后面是母亲自制的肉丸、豌豆粉肉膏，最后铺上两寸来宽、半指厚的肉红油白、鲜香欲滴的家养土猪腊肉，所有的菜品才算隆重出炉。瘦而不柴、肥而不腻的腊肉是吊锅的压轴菜，也是一种调味品，它能让每一种菜品散发出该有的香味。再配一把鲜嫩的从雪地里扒出来的青菜薹，盖在香绵的腊肉上一焖，吊锅的味道已是炉火纯青。至于粉蒸肉、油浸辣椒鱼块等，都是上过蒸笼的，盛在蓝花花的海碗里放在锅边上，成为吊锅的配菜。

这顿年饭的前期准备时间有时长达一两个月。每年冬月初，粮食归仓后，父母就开始张罗请杀猪匠宰杀自家用粮食喂养大的肥土猪，这是个很隆重的事情，得提前好长一段时间预约。宰猪的那天，湾子里的壮劳力都来帮忙，家门前的稻场上，大人小孩闹成一片，像过节一样热闹。等到活猪变成案板上冒着热气的鲜猪肉，母亲就成为收拾猪肉的主角了，只见她分一些猪肉犒劳帮忙的乡亲，再分一些挨家打点乡邻四舍，就全身心地开始腌制腊肉的神圣劳动。她先把案板上的猪肉分成一条条的均匀条块，再撒上一层一层雪花样的食盐反复揉搓，最后才小心翼翼地把肉放进大瓦缸里封存起来。肉放进大瓦缸腌制的时候，我们小孩子就开始了漫长的等待，熬过十天半月的时间，母亲会选个天气晴朗的日子，郑重地揭开大瓦缸的大木盖，腌制的腊肉正式出炉，但还要先挂在火塘上方的房檐烟熏数日，再挂在场院的竹竿上晾晒几天才能食用，而且风干的时间越长肉质越紧实酱红、越好吃。这一系列的劳动好像是个系统工程，母亲总是怀揣着一种敬畏的心情做得一丝不苟。这样通过腌、熏、晒过后的腊肉，放到阴凉的地方能长久地存放，也是我们一家人来年改善伙食的主要食材，但平时只是吃一些边边角角，最好的那块一定要留到大年三十来为吊锅压轴。

大年三十天刚蒙蒙亮，母亲就开始煮腊肉了，腊肉的香味随着炊烟袅袅娜娜地飘浮在村庄的上空，村庄在腊肉的香味中醒来，我们姊妹也闻着腊肉的香味起床，年的味道就那样一年又一年地烙进了我们的生命里。

一年到头，姊妹们总是眼巴巴地盼着这顿以腊肉为主打菜的过年饭。好像吃了这样一顿吊锅饭，之后的岁月里会什么东西都不缺，干什么都有劲头。

二

父亲亲手磨制的分成半指厚、两寸来宽的长方形豆腐块，都被炸得金黄灿烂；母亲亲手做的豌豆粉肉膏，在蒸笼里冒着热气；腊肉的香味从铁罐里飘出来，馋得我们直咂嘴……可天已近黄昏，还不见大哥的身影。已经落了两天的雪了，还没有停的迹象。门前的雪越堆越厚了，父亲拿着竹扫把一遍又一遍地朝屋檐沟里扫，屋檐沟里的积雪就堆得快和门前的空地一样高了，瓦楞上的积雪也有一尺多厚。父亲望望还在不紧不慢飘雪的天空说，你们大哥不会回来了，然后背着手很无奈地回到火塘边坐下，闷闷地吩咐二哥关门过年，姊妹们闷闷地端着手里盛着老米酒的酒盅，谁也不说话。突然，门“吱”的一声响了，大哥雪堆一样的人影从雪幔中飘了进来，背上还驮了一堆“雪”。

大哥终于回来了。他说由于雪太大，道路上的积雪太厚班车不通，他只能从大河岸绕道肖家坳翻过鸡鸣尖，下到河铺，再翻上丁家山，步行一百五十多里雪路才赶回来。大哥的衣服几乎全湿，脸、手都冻得通红，但等他换上干净的衣服和母亲做的老布棉鞋、坐到火塘边，一下子就精神焕发起来。他变着花样从他驮着的那个背包里翻出两瓶叫作贵州大曲的烧酒来，红红的瓶盖，格外地符合过年的气氛！父亲眯缝着眼睛看了半天说“好酒”，茅台酒厂出的，准没有错！两瓶冒着风雪漂泊多时终于回家的酒，让我们姊妹欢呼雀跃起来。

父亲的手有些颤抖，他轻轻地接过大哥递过去的酒，放在怀里焐了又焐，然后在老米酒里滴了几滴，告诉我们今天谁都可以喝，喝多少都没有关系！

因肝病常年吃药的父亲滴酒不沾，但那晚破例喝了两盅贵州大曲，面色红润，一向严厉的父亲变得慈祥而亲切。在这个年里，我们兄弟姐妹都喝到微醺，都在梦想那个贵州大曲的家乡是个什么样子。而我则在一遍一遍地想象着大哥迎着雪花、背着一堆雪、踏着近尺深雪路翻山越岭的情景。

三

后来很久后的某一年，我去过离贵州不远的湘西，看到吊脚楼里的竹床、竹摇篮、竹背椅，我泪流满面。我突然觉得自己就是个流落他乡的苗人后裔，一下子就闻见了家乡的味道。那青青翠翠的竹林，清清亮亮的山泉水，雨雾中挂满篮球大柚子的柚子树，云缠雾绕的山坡梯田，绕着木栅栏开放的金银花……目之所及，看不见任何的尘埃。

我能想见赤水河畔的样子，冬暖夏热、少雨少风的山谷里竹丛青青、山花烂漫、泉水叮咚，微风吹过紫红色的土地，火把样的红缨子高粱在乳白色的雾霭里摇曳成歌……“桂林山水甲天下，玉碧罗青意可参。”贵州大曲是贵州山水酿出的甘醇。

自此以后，每场落在大年三十的雪，都有一种酱香的味道。每年的大年三十年夜饭前，大哥就算在天边，也总能赶回家里和我们一起过年。这是我们家的家风，除了出嫁的女儿，其他任何人过年时都必须赶回家，就像吊锅里的菜，必须备齐才算过年。这种家风，让我们从小就明了家的意义、家的神圣，感觉到家的温暖。也因为铁吊锅煮出的年味，任何味道都无法代替。

除了过年，吊锅仿佛有一种神奇的魔力，平时母亲总能变着花样炒出香喷喷的菜食，喂饱我们饥渴的味蕾，有时是一锅浓得像牛奶的鲜鱼汤，有时是家养的土鸡炖板栗，有时是细细长长的油面加鲜鲜嫩嫩的油菜薹和自家散养的土鸡蛋……即便是青黄不接的时节，母亲在吊锅里炒一层辣椒加盐菜，也能让我们吃得五脏生香。铁吊锅养大的大山娃，不用补铁、不用补钙，一个个长出了坚实的骨骼、坚忍的毅力和永不停歇的进取精神。而家乡的老铁吊锅像贵州大曲一样，经过了一道道菜肴的备制过程，每一道菜肴都是大别山的水、大别山的柴火、大别山的菜品融合成一体的味道。

现在，我生活的祁连山脚，有香喷喷的铁锅炖，那其实就是我家乡铁吊锅的改良，只是它炖的大疙瘩土豆、玉米，炖出了一股股醇醇的西北山水味。在这些味道里，我看见绿油油的土豆苗开出白灿灿的花，我看见被荒野包围的玉米地绿浪滚滚地铺展开来，在戈壁滩里蔓延……如果在“铁锅炖”边就着那明明灭灭的木炭火，再来一杯醇厚浓香的贵州大曲，那憨厚的西北淳朴味一定会让人酣畅淋漓……

这些年，走过祖国的东西南北，突然间就觉得——家乡大别山的铁吊锅，没有什么可以代替，就如赤水河畔的酱香味，是烙进我们骨子里的中国味道！北国，江南，无处不在的味道，独一无二、无可替代。

胡美英　中国作家协会会员，甘肃省作家协会理事，嘉峪关市文联副主席，嘉峪关市作家协会主席，高级编辑。著有散文集《记忆的背包》等多部。

桶里的烟火

（散文）

◎ **钟荣胜**

每一个桶都有自己的定律。世间的烟火，人生的况味，桶桶装满。

——题记

桶装的水

不知从什么时候起，“桶装水”成了纯净水的代名词，也成了每个家庭的标配，与之相配套的还有一个饮水机。为了喝上卫生、健康的水，人们对水的追求也是越来越高，甚至喝水都要讲究品牌了，于是××山、××泉、××氏等品牌应运而生，各种牌子的桶装水登堂入室，成为当代人品质生活的象征。

我最初认识的桶装水可不是这样的。在我很小的时候，家里每天早晚都要用木桶到井里挑三担水，其中两担倒进水缸，一担留在桶里备用。那用木桶装的水，就是我最早知道的桶装水。因为在家里排行老大，我很小就承担去村头井里挑水的任务了。木桶大小和绳子的长短都是为大人设计的，我高度不够，父亲便把绳子扎到最短，以便不让井边石头磕到木桶。然而，即便这样，我因力量不济还是不能挑满一担水，常常是装着大半桶水“咣当咣当”回家。每当听到响声时，住在路边的叔伯婶嫂就知道我又来挑水了，这时他们会自然地探个头出来问我一声“累不累”，有时则善意地提醒：“装满水就不会响了。”直到后来，我知道了一句俗语：“满桶水不响，半桶水咣当。”再后来，我知道一位伟人说了一句更加明白的话：“虚心使人进步，骄傲使人落后。”原来，一个装着水的桶，装着这么多哲理！

随着年龄的增长，我要跟父亲下地干活了，于是桶装水被搬到了地里，这时的木桶就换成了塑料桶。塑料桶有各种规格，有五斤装的，有十斤装的，最大的是五十斤装的。每当下地干活时，父亲总是用一个十斤装塑料桶去井里舀满水，然后将锄头、铁锹、镰刀、种子等与水一起搬到地里。炎炎夏日，每当劳作一段时间后，我就觉得口干舌燥，于是赶紧从塑料桶里倒出一大碗水，然后一饮而尽。当然，有时也会以喝水为名行偷懒之实，现在想来当年也够“聪明”的。

桶装水的记忆，伴随的是我清苦的童年。然而当我回忆起这些温情的往事时，却有一种微微的甜味，就如同那淡淡的桶装井水。

桶装的酒

自从“广西公文包”突然“火出圈”后，那用来装酒的塑料桶也有了一个体面的身份，成了家喻户晓的“公文包”，而其中的米酒则成了名副其实的“公文”。在我的老家，米酒还有一个更加响亮的名字——土茅台。

我家的塑料桶，除了用来装水外，还常常用来装酒。村里老人说，喝酒能解乏，于是父亲便每晚自觉或不自觉地喝上小半碗米酒。后来，我才知道父亲不好饮酒，他每天晚上“逼”自己喝一点，其实是为了“工作需要”，想让自己第二天能有充足的力气来干活。于是，在我上小学之前，我就常常给父亲做一件事，那就是拿着一个五斤装的塑料桶到邻村小卖铺去打酒，有时也顺便买盐之类的东西，打酱油这倒是没有的事，因为太贵了。

我的童年总是绕不开酒。我不光给父亲打酒，我还有过自己酿酒的甜蜜“事业”。

我家的屋前，有四棵树，正如鲁迅所说，一棵是桂花树，还有三棵也是桂花树。据说这些树是清代时就种下了，可谓百年老树。树的主干，我们是合抱不过来的，其中有一棵甚至把枝条都伸到我家二楼的窗口，我从家里便能伸手摘到树叶。当大人不在的时候，那一字排开的桂花树，便成了我们小孩的天堂，也就是现在的“游乐场”，我们常常在树上捉迷藏、荡秋千，穿行树间，如入无人之境，灵活得像一只只猴子。当八月桂花遍地香的时候，我们就不能再爬到树枝上荡秋千了，大人怕我们打落了桂花。桂花是要大人才能打的，他们先在地上铺好一层塑料胶纸，然后拿长长的竹竿用力拍打枝条，这时桂花就会纷纷落下，像天女散花，像天降鹅毛，像星星陨落……

我一直想把桂花的香味留住，当我听说有桂花酒这种东西时，我便决定开始付诸行动，自制桂花酒了。我拿了漏斗，偷偷把酒从塑料桶倒进一个玻璃瓶里，从树上摘了最新鲜的桂花放进瓶中，再用一个木塞堵住瓶口。所有工序完成后，剩下的只有藏酒了。现代酿酒工艺也有藏酒一说，有的藏在地窖，有的藏在山洞，而我当时纯粹就是想藏在一个大家不易发现的地方。经多方考察研究，我决定藏在一个离家不远的草垛里。在接下来的日子里，我几乎每天都要去草垛巡查，看看普通米酒如何变成桂花酒，更重要的是查看酒瓶是否被人偷走。直到有一天，我看到金黄的桂花慢慢变成了黑色，我认为大功告成了，于是迫不及待地打开并猛灌一口，我立刻呛了起来，大半吐了出去。那酒又苦又涩，我的喉咙也火辣辣的，完全没有想象中的香和甜，幸好酒是偷的、花是采的，对我也没造成什么重大损失。原来，桂花酒不是这样酿的。

此后，我便断了自酿桂花酒的念头，哪怕“人闲桂花落”也不为所动。我不再去打酒的主意，就让它静静地装在塑料桶里，如同装着我那火热的童年。

桶装的油

很多人大概不知“洋油桶”为何物了吧，可在二十世纪七八十年代，那是每个农村家庭的必需品之一。洋油桶最先是用来装煤油的，大伙把它洗净后便用来装食用油了。我家从生产队分到一些茶油树，全家吃的就是茶籽油，吃猪油那是一件奢侈的事，现在似乎刚好相反了。茶籽油装在铁质的洋油桶里，冬天也不会冻上，一直呈液体的状态。油，在我童年的认知里，这是最贵重的东西。有一回倒油弄出了几滴，母亲像丢了金子似的，一边责怪一边用青菜叶把它“吸”了，我从此知道了油的金贵。直到现在，我倒油都十分谨慎，生怕不小心泼洒出去了，这不知是童年的阴影还是生活的习惯。

后来，茶油树渐渐变老不长茶籽了，我们家就改吃花生油了，一直吃到现在。我的生活习惯里，除了花生油，其他油我都不喜欢，什么菜籽油、玉米油还有调和油之类的，我总感觉少了花生的香气。

我至今记得榨油时的情景。去榨油厂前，父亲总要请来一辆手扶拖拉机，然后把一包包花生整齐地摆在车上，同时带上几个五十斤装的塑料桶备用。榨油开始了，父亲便一步不敢离开，甚至吃饭时都要盯着，就像监考一样监视着每一道工序，去壳、炒籽、压榨、过滤、装桶……每一个环节都不漏掉，据说这是为了防止榨油厂的老板用地沟油换了我们自己的好油。这时，如果有人来买油，父亲便把大部分油卖掉，只留下两桶自己食用。更多的时候，榨出的油不能及时处理完，我们便用塑料桶装回家，然后倒进洋油桶里储存。

年底，如果没有人来家里买油，我们便会拉到集市上去卖。这时，父亲又小心翼翼把花生油从洋油桶倒进塑料桶，以保证油在路上运输的安全，因为油晃出去可不是一件小事。在我们眼里，塑料桶是安全的桶、实用的桶，自然也就用它来装金贵的油了。

人间的烟火

水、酒、油，盛装它们都有各自的容器，然而在我的记忆里，它们却始终与塑料桶有着关联，甚至让其在不经意中成了最佳选择，于是，塑料桶里的味道，便有了水的清甜、酒的醇香、油的滑润。

岁月的长河，也有一些味道，如同那泛黄的塑料桶，静静地沉淀在记忆的深处，每一次回想仿佛都能触摸到那些消逝的时光。那塑料的桶，虽然早已失去了昔日的光泽，但它所承载的，却是水、酒、油这些平凡而又珍贵的东西，以及它们所蕴含的人间的烟火和人生的况味。

人生的况味，也如同塑料桶里的味道一般。有时，它如同水一般平淡无奇，让我们在平凡中感受着生活的真实；有时，它如同酒一般浓烈醇厚，让我们在欢娱中感受到友情的珍贵；有时，它如同油一般实用朴素，让我们在滚烫中感受到人生的美好。这一切交织在一起，便构成了那丰富多彩的人生。

人生如火，往事如烟。那些记忆中的美好如冰糖葫芦般被穿起，从此生活多了一些味道。而这一切的味道，都融入了人间的烟火，如同一幅流动的画卷，徐徐展开……

钟荣胜 中国林业文联林业生态作家分会会员，贺州市作家协会会员，富川瑶族自治县作家协会副主席，中学高级教师。

麦子熟了

（诗歌）

◎ **铄 城**

小满过后，要去麦田走一走
阳光，金黄。土地，金黄
麦穗饱满，低头
等月亮，发出弯曲的光芒

“布谷”的声音，藏在隐蔽的角落
掐两枝新穗，置于掌心
要双手合十，忍着轻微的刺痛
会有白色的麦汁，如奶水

等风吹来

父母会先于我们，弯下腰身

练习冶金术。会有汗水

被谦卑扶起，在阳光下

丰收后，我把麦子分成三份

一份用来纪念海子

一份做成馒头，作为汗水的标本

一份只要麦秆，我用它修缮乡下的老屋

铄　城　中国作家协会会员，鲁迅文学院第四十届中青年作家高研班学员，有作品在《人民文学》《诗刊》《中国作家》等发表。

父亲与虾虮肉

(散文)

◎ **高胡阳**

我的家乡在浙江瓯越，本地有道极其独特的家常菜，叫“虾虮肉”。

“虮”字谐音通“几”，是虫卵的意思。虾虮并非虾籽，而是近海水域的一种水蚤。虾虮制酱食用，色泽红亮，制作过程需经数月。渔民一般在清明前后出海张网，捕后重盐腌制，再历经三伏暴晒发酵，才能食用。本地人常将虾虮酱与“三层肉”同蒸，吃起来咸香鲜美，十分开胃。

我的父亲，是一个好酒的老实人，喜欢吃虾虮，尤其是盛夏之时以虾虮肉下饭、解馋、就酒，别是一番消遣。而自我成年后，每逢“大事”，他总要母亲做上几个小菜，摆上杯子与我对饮商量，或许是出于巧合，这些菜品里总少不了这道“红肉”。

第一次与父亲饮酒是去重庆念大学前一晚。母亲特意去买了一条十斤的鮸鱼——这种肉质紧实、鲜度极佳的深海鱼，是我们这里餐桌上的明星菜。鱼头混合豆腐炖汤，鱼肉可剁成大块清蒸，也可裹上淀粉敲打成饼唤“敲鱼”，还可捏成鱼丸焯水食用，“龙骨”则和咸菜爆炒，鲜香坚韧，一鱼多吃、绝无浪费。此外，虾虮肉不可少。母亲一早便去菜市场挑选上好的“三层肉”，去掉肉皮，切成肥瘦相间的小丁，放上少许生姜，混入虾虮酱，蒸上二十分钟便可鲜香四溢。

父亲爱喝“老酒汗”，一种是由黄酒蒸馏而来的本地酿，味道甘冽，度数极高。阿哥也在，说饭后还得去接娃不饮酒，明日将送我远行。

我以前从未喝过白酒，顶多就是夏日为图一时爽快偷闷上一口冰啤。一口喝下，浅口玻璃杯中已去了一半，顿感口腔火辣，食道、胃里一阵发热。

阿哥笑道：“你是傻子唔？这样喝白酒，要么是宴席上骗人家茅台的，要么就是命不要了。”

母亲洗净手坐下，把我的酒杯往前搁了搁，说：“别听你爸‘盲唐讲’（乱说），都还在上学，明早还要赶飞机，喝什么酒。”

父亲却不以为然，讲起他儿时在家中偷吃杨梅酒的事，等到吃过十来个杨梅，便靠着床脚睡去，被爷爷发现好一阵痛打。

“童子佬（小屁孩），出门在外，一定要少喝酒，在家醉了无非睡上一觉，在外醉了就容易误事。”这句临行时的叮嘱，倒成了我此后应对酒局的金科玉律。

那晚，我喝了五六两，晕晕乎乎睡下，夜里还梦见全家住在旧楼，家中漫起大水，我正躺在一楼木床上漂出家门……

2012年中伏，我迎来大学毕业季——在这个对未来充满期许、对前路尚未准备就绪的特殊节点，返乡参加了对口专业的招考。考试结束已过两周，我却两日未与父亲多言，原因是多人提点的“提前筹谋”成了他行动的“缄默无言”。我心中有愤。

翌日，饭点姗姗来迟，从房间出来，眼前已是一桌好菜。7月休渔，母亲就以河鲜打牙祭。河虾以重油炝炒，用葱姜焖熟；蛏子肥美，过热水蘸上酱油醋便可食用；溪螺小而圆润，浸透去沙，烈油猛火，鲜中带甜；另有水鱼、花甲添些老抽红烧，原汁原味。每次返乡还少不了虾虮肉，以至于此后的日子，有时恍惚间闻到这味儿，才意识到自己正处故乡。

是时，父亲由于长时间站立，小腿静脉曲张十分严重，加之生意锐减，他的裁缝手艺已停歇一年。衰老或许是断崖式的，停下工作的他并没有换得轻松和惬意，接替而来的反而是头发从原来的每月一染变成了一月两染，原本尚算洁净的脸上多出不少瘊斑，此前挺拔的脊背也不自觉地佝偻起来。

今日饮酒，杯子依旧，气氛却有点不同。时值盛夏，江浙进入强对流天气，往往上午热得通红，午后又迎来暴雨。吃饭时间，天已黑得透彻，等到三人坐下，大滴的雨水落下，瞬时结成雨帘。大地如同一块烙铁在加热的制高点放入水中，雨点落地之时除腾起丝丝雾气，似乎还能听见冷却的声音。

“怪我没给你江伯伯打个电话?”他先开的口。

“没有。一切随缘。”我口中的虾虮肉吃不出鲜味，倒混着烈酒的辛辣，多出一分苦涩。

父亲嘬了一口酒，淡淡地说：“我和他这么多年也没什么交往。能上就上，不能……到时候再考其他单位嘛。”

宣传单位与我对口，而且当记者一直是我的梦想，听着他不咸不淡的一句，我的大脑似乎突然过载，脸涨得通红，就爆发出来。

“阿哥当年搞工作，都靠舅舅帮忙，现在我有这么个机会，难道你不应该帮一把嘛!”我不自觉地提高声音，“现在有熟人，你，你连一个电话都不打，你觉得没面子？还是开不了口求人哟?!”

我饭也不吃了，起身回了房间……

后来从母亲那我才了解到，父亲深谙兵贵神速、事以密成的道理，考后几天他便去过电话了解，是我技不如人。事实上，当时年轻，说有多在乎某次考试倒也言重了，只是人往往如此，在面对不确定的时候尤其希望得到外力相助罢了。

大学毕业后的两年里，我去过北京，回过重庆，到过昆明，兜兜转转后还是回到家乡，考上了心仪的单位。那些年里，本可以靠养老金颐养天年的父亲选择继续工作，在一家矿泉水厂负责客户单位的费用结算。虽然一月只需跑上两周，但看着他骑着“小电驴”风雨兼程，阿哥和我都心生不忍。不过那时的我隐约是了解的，父亲是考虑到我还未成婚，尚需用钱，才如此奔波。

2016年立秋，层层凉雨浇透城市，夏日暑气渐行渐远。那时我在市委组织部借调，忙得晕头转向之际接到岗亭电话，说有个老人找我。正当我一头雾水时，父亲打来手机：“麦儿（孩子），我在市政府楼下，刚好楼里有个单位结算完，路过……没什么事情，现在就回去了。”

一看表，已过十二点，我赶忙对着电话喊：“阿爸，你就站楼下等我，我马上下来！”这些年，工作、结婚、育子，碰到过很多困难，但我从没有畏惧过，可是这一刻我的内心竟然感到害怕，怕阿爸就这样走掉，像一个孩子回到约定好的地方却见不到大人一样。

秋雨淅淅沥沥，父亲一手拿着雨披，一手握着伞站着。他的头发有些凌乱，黑的、白的、棕的，在走道的光影中呈现不同颜色，衣襟前湿了一块，那是雨中骑车留下的特有印记。见我过来，他有些局促，说要回去，家中已经烧好饭。我自然不由分说，拍着他的肩膀，带他走进食堂。

虾虮肉，这道家常菜无论是本地的机关事业单位，还是民营企业食堂都有，我给他打了一份，咸中带鲜，肥瘦相连，忍不住问他，还可以？

父亲的神情中带有轻蔑，哼了一声说：“这哪里能和家中比，肉皮都不去，咬着硌牙，虮酱里还放了味精，吃着奇怪。”

我被逗笑了，指着食堂角落的意见簿说，那您给人家写下。

世间吃食哪有什么特别美味、特别难吃的，无非心境和情景不同，品出的滋味不同罢了。江湖儿女江湖老。父亲的江湖曾在改革开放初期的下海潮里，曾在前店后厂的瓯越模式里，曾在一辈子定要在乡里盖上一栋小洋楼的奋斗里……家中的虾虮肉可能不是减了味精和肉皮，只是多了闲适和洒脱罢了……或许如今，他该好好歇歇了。

送他出岗亭，我轻声说：“爸，这个月做到就别干了。”

父亲笑了，说了声“知道”，便走入延绵的雨幕……

自与父亲第一次饮酒至今，已然十八年。在他的老酒汗和虾虮肉里，包含了家庭中的许多重要片段，也寄托着他对世事、对过往、对子女的不同慨叹，有无奈，有期许，有追忆，有欣慰，但随着时间流逝，沉淀下来更多的是他对生活的踏实和坦荡。母亲常说，父亲这大半生多遇坎坷，能有这样的身子骨还得亏有个好心态，吃得好，睡得快，放得下。

2024年8月，七十三岁的父亲肌酐居高不下，我请了假带他去杭城检查。中午在一饭馆落座，竟发现菜目中有虾虮肉。

“弗吃（不好吃），弗吃（不好吃），还放了那么多姜。”听他抱怨着，我轻笑摇头，心道，您这是故土难迁。

老人如今是与酒无缘了，虾虮肉重盐多油按道理也不能吃，但要戒掉这一抹海味，于他而言，恐怕只有来生了……

高胡阳 2012年新闻专业毕业，进入温州市新闻传媒中心从事采编工作。

啖虾啜粥疍家船

（散文）

◎ **涂燕娜**

晨曦微露，云蒸霞蔚；烟波浩渺，广阔无垠。百余座海岛耸立，千万年海风吹拂。

如过去的无数时光一样，当清晨的第一缕阳光再次照亮眼前这片海天相接的蔚蓝世界，水中波光粼粼，鱼群涌动，渔民踏浪的一天开始了。

珠江出海口，水面微微荡漾，静默了一夜的小船开始有了动静。女船主整理好着装，从中间船舱走出，开始准备一天的劳作。

这是一种小型平底船，长五六米，宽三米，被称为“连家船”，也称“疍家艇”。与一般小船不同之处在于，这种船身中部往往支有桅杆，出海时能借助风力，甲板之下通常隔成两层，一层放空用于隔水，一层用于储藏杂物，方便收纳，也增加船身的稳定性。

船舱位于船中部，是供一家人睡觉及储物的地方，上方用席篷覆盖，收纳方便，既能遮风避雨，也可为船头的甲板多出空间，便于捕鱼劳作。船头甲板，是生产和劳作空间，船尾的空间用于炊煮、如厕等，同时也养着鸡鸭等家禽，逢年过节或亲友来访宰杀待客。每个区域分工明确，保证一家人的基本生活。

这样的疍家船，曾经排满珠江入海口，浩浩荡荡，蔚为壮观。无论是经济生产、交通往来，还是住宿生活、嫁娶生养，疍家人的一生，都系在这一条船上。

疍家人的樯橹在珠江上、在大海上漂流了千年，经历了鱼游、橹泊、鹤立、白滩、草埔，沧海成桑田，滩涂成沃土，水乡鱼米，海鲜生猛。

宋人周去非对疍家的定义："以舟为室，视水为陆，浮生江海者，蜑也。"

明代邝露也在《赤雅》中记载疍民："浮家泛宅，或住水浒，或住水澜，捕鱼而食，不事耕种。"

清代广东学者屈大均曾经生动地描写过疍民的捕鱼场面："疍人善没水，每持刀槊水与巨鱼斗，见大鱼在岩穴中，或与之嬉戏，抚摩鳞鬣，俟大鱼口张，以长绳系钩，钩两腮，牵之而出；或数十人张罛，则数人下水，诱引大鱼入罛，罛举，人随之而上。"

水上人在大江大海里觅食，海浪里讨生活，湍急的海流，可怕的风浪，万顷沙田，纵横水网，带给他们艰辛的同时，也带来了丰厚的馈赠与食物——丰美的渔场与良田、取之不尽的海鲜贝类与原生至味作物。

淘米，生火，小船上升腾起缕缕炊烟，烟火气息弥漫船舱。一锅海鲜粥，是对日常劳作的安抚，也是对海上生活的慰藉。

从甲板下的储物室里拿出昨天捕的鱼虾蟹，洗净，待粥滚至快熟之际，放入海鲜，配料为葱姜及盐，一锅家常却新鲜滚烫的海鲜粥就做好了。海鲜搭配颗粒饱满的珍珠米，每一粒米都吸足了海产的鲜香，每一滴汤汁都浓缩了大海的精华。

喝一口粥，舌尖触及的是丰富的层次感，先是海鲜的鲜美瞬间激活味蕾，接着是大米的醇厚暖胃，最后留下的是淡淡的咸香和回甘，回味无穷。

海鲜，海鲜，无他，追求的就是一口来自大海的鲜味。

疍民的一天，往往是从熬制一锅疍家粥开始的。每一勺，都是海浪拍打船舷的声音，是渔民海上劳作的身影。

或温柔或刚劲的海风吹拂了千万年，吹老了一代代渔民的容颜与风骨。人类在与海洋打交道的过程中，既和平共处，又不断抗争。

随着疍家人上岸定居，这样的场景再难寻觅，我们也只能通过曾经疍家人的回忆里，寻找属于疍家的独特饮食方式。但疍家美食并未因此而消亡，珠海斗门、金湾、横琴等地，随处可寻疍家美食，成为招徕食客的特色菜品。

进入海鲜粥店，硕大的冰柜上，整齐码放着各式鱼类，琳琅满目，水缸里，花甲白贝，虾蟹生猛，根据个人口味，挑选不同海鲜，现场加工制作。

挑选了母蟹、基围虾、白贝、横琴生蚝，师傅当面处理洗净。虾蟹下锅炒香，米选择东北大米，煮出来的粥又黏又滑。泡米时加点油，待水烧开，下米，大米煮到咕嘟冒泡，差不多成粥时，下海鲜，撒上香菜，热气腾腾的海鲜粥即可上桌。粥底晶莹，海鲜多彩，入口清甜，鲜香四溢，贝壳上挂着绵密的粥水，海鲜的鲜甜味彻底融入粥底，大概就是陆游口中的“只将食粥致神仙”。

除了常见的海鲜，还有一种用于海鲜粥的食材，让爱吃的饕客魂牵梦萦，也让不吃的人望而却步——泥虫。这种生长在咸淡水交汇处的泥土里，呈圆筒状，长度约十厘米，外表皮色灰黑，形态极其似虫的环节生物，足以让不认识它的人却步，但其内里却是无比鲜美，福建地区用它来做土笋冻。虽叫泥虫，却是正儿八经的海鲜。

处理泥虫需要一番功夫，每一条泥虫都得冲洗干净翻好肠，确保入口爽脆而无沙。泥虫无须煮，遇热即熟，直接放到热气腾腾的粥水里即可，嚼起来就像鸭肠。美味的泥虫裹上润滑的粥水，在爽脆的口感上，添了一份绵滑，配合蟹一起煮粥，将味道提升至一个新的档次。

疍家粥中的艇仔粥更是家喻户晓。据传艇仔粥起源于清代，清道光年间的《南越游记》记载：“岭南人喜取草鱼活者，剖割成屑，佐以瓜子、落花生、萝卜、木耳、芹菜、油煎面饵、粉丝、腐干，汇而杂食之，名曰‘鱼生’……复有鱼生粥……”

鱼生粥是艇仔粥的前身，也是南粤人就地取材的一种食法。将打捞到的河鲜、海鲜，以及蔬菜配料等，一股脑丢进粥锅中，待时间和火候将各种食材的精华析出后又融合，最后达到一碗配料丰富、绵密醇厚、鲜美无比的艇仔粥。

昔日珠江岸边，荔枝湾畔，水上疍家人，驾着小船在河涌上讨生活，船舱尾煮食。捕捞开始前，架上一锅白粥煨着，捞到鱼虾处理后，即放入粥中，再加入调料，煮熟即可开吃，鲜味无与伦比。

后来，船上人家向岸上客人出售这种粥，一些船家还会一边摇船一遍唱歌：“艇仔粥，艇仔粥，爽口清香唔使焗，一毫几分有一碗，好味食到耳仔郁。”艇仔粥随之流传开来，成为珠江岸边人们最爱的美食之一。一碗艇仔粥，见证百年珠江两岸“游船河，啖虾啜粥”的生活。

一碗合格的艇仔粥，讲究的是鲜、嫩、滑、香、醇。而粥鲜美的秘诀，就在于使用鱼骨熬制粥底，猛火慢火适中，将米粒滚烂，直至绵密滑稠。配料以鱼片、腐皮、叉烧为主力，少许鱿鱼、鱼松是粥的皇牌料头。加上葱花和炸花生、蛋丝、油炸鬼，搅拌一下，就成就了这碗靓粥。

艇仔粥的鲜，是粥和配菜共同的鲜。一碗粥，将粤菜的“和味”

理念体现得淋漓尽致。

想起曾经看过的一档美食节目说道：特殊的族群，经历了特别特别多的苦难，幸有大海作为他们的依托，幸有世间最鲜美的美食给予他们滋养，让这个族群走过漫长的漂泊岁月。

这就是大海与美食，赋予疍家的意义。

疍家人的智慧与生活习性，都融入了这一锅轻粥慢煮的艇仔粥里了，自在从容的性格中，带着海风的不羁与野性。

如今，海鲜粥底火锅也成为年轻人追捧的对象，可以是粥，也可以是火锅。

海鲜粥底火锅的整个烫煮过程，秘诀在于四个字：起承转合。

起，即要有鲜甜汁水的贝类，如饱满肥美的生蚝、花甲王等；承，即要有肉味的鲜甜承托，猪面肉起片浸熟；转是吃蔬菜菌菇，吸收贝类肉类的鲜味，更加鲜甜；最后一步便是合，各个咸菜小菜放入粥底一起煮，“好鬼和味”！

在岭南水乡，听渔舟唱晚、雁阵惊寒，海面飘动着悠扬婉转、情意深长的咸水歌，听着徐徐海风带来的大海的潮汐，思绪已翻飞。

一碗碗粥，犹如珠海的一面镜子，映照出疍家人民与海洋共生共息的生活画卷，也折射出这座城市浓厚的历史人文气息。

无论城市如何发展变迁，疍家粥始终以其独有的方式，诠释着这座城市的根脉，记录着那些与海共舞的日子。

每当黑夜来临，漆黑的海面上，海风吹拂，渔船轻摇摆，灯火点点如星。枕海听涛，涛声入梦，梦里珠江缓缓流。

一碗粥，一座城，一段族群生活记忆，伴随着浪花与疍家粥，千年流淌。

涂燕娜 广东省作家协会会员，广州市作家协会常务副秘书长。著有《烟雨任平生》《此心安处》等。

舌脑的宇宙

（诗歌）

◎ **超　侠**

举一杯星云纯酿的回忆
酒中　囊括了一整个宇宙
一只光年的酒盅
干杯　碰撞着最初的奇点
爆碎的酒花基本粒子
带我回到舌尖上的故乡

大曲里　古老的父亲　流着历史的汗水
劳作着整个星域内　民族的未来
那天　他摔倒在黑洞的旋涡里
最后倾吐给我　一块语言的物质
孩子　你要继续向前
走出死亡的暗物质阱　回归校园最初的文明
好好学习　天天向……
向着光锥的边缘
他的哽噎形成了彗星死寂与冰凉

无论我走到哪里　再如何艰辛地生活
也永远记得　他在狄拉克之海里的嘱托：
去吧　去美妙的事件视界之外
找回我们开拓荒野空间结构里的别有洞天
重新弹奏出十一维之外的弦颤

超　侠　科幻作家、诗人。北京元宇科幻未来技术研究院副院长，北京老舍文学院合同制作家。曾荣获中国青年诗人奖、华语十佳诗人奖、长征文艺奖、全国优秀科普作品奖、科幻星云奖、第八届中华优秀出版物奖、“中国好书”等奖项。

母亲的水芋头

（诗歌）

◎ **曹利华**

那时，母亲挽起裤管，给黑黑的芋头安家
腿像白云在泥水里闪过
微风吹起芋秧子，只瞧见好看的
腰身在起落

那时，芋长高了，一片手植的芋林
母亲氹草，松泥，流水弹筝
蛙声传唱，芋叶遮蔽了流水和星星的对话
芋按照她的意思，长成胖小子

母亲的手厉害，用瓷片刨去一身黑衣
芋，露出莹白的胴体
锑锅子里翻滚，火苗凶猛的舌头
舔着满屋的香……

那时，母亲的芋，填饱了我们童年的肚子
一部童话，散发酥麻麻的香
对抗着每个贫瘠的日子
如今，母亲去了天国，留下的水芋
还在我们的记忆里飘拂

曹利华 湖南岳阳人。2010年被《诗刊》《星星诗刊》评为中国首届十大农民诗人。获蔡文姬文学奖、汨罗文学奖、岳阳文学奖等。

一生爱吃个豆酱巴

（散文）

◎ 温新阶

赵家湾的桃子，岩松坪的柑
响潭园的糯米，斑鸠池的籼
焦寨的茶叶，秀峰桥的酒
纸厂河的豆酱巴拌米饭
香过了一年又一年

这是盛赞故乡好吃好喝的一首五句子歌，前面几句好似是起兴，要引出我的老家纸厂河的美味豆酱巴。

豆酱巴是豆渣制作的。

冬日里，打完过年豆腐，我们的豆渣是绝不会浪费的，家家户户都要制作豆酱巴。

把豆渣拌上花椒粉、柑子皮等作料，然后放在锅里翻炒。木柴毕毕剥剥地燃烧，锅铲跟铁锅的摩擦声竟有几分悦耳，风吹动着窗门啪啪作响。很多树都落叶了，风穿行的速度变快，房子成了风最大的阻力和障碍，门窗就遭了风的拍击。

母亲炒豆渣，我坐在灶前架火添柴，豆渣翻炒时的清香沁人肺腑，我坐在灶前烤着柴火，吮吸着这缕缕芳香，惬意而温暖。要做豆酱巴，滤豆腐时不能滤得太苦（挤得太干），豆渣里残留的豆汁煎炒后有一种豆皮的香味，厚实、绵柔、质地细腻。滤得太苦的豆渣就没有这种香味，现在，从豆腐坊买回的豆渣做不了豆酱巴，就是因为他们把上一茬滤出的豆渣又掺到下一茬的黄豆里再磨一次浆，再滤一次汁。剩下的豆渣装在筲箕里，颜色惨白，它已经彻底死亡了，不可能用豆酱巴的形式来展示另一段生命的光辉。

母亲还在翻炒豆渣，父亲找来篾筛，铺好枯桐麻叶。桐麻叶是白天我去田间捡回来的，水中洗过，太阳晒干，把叶柄扎成一把，挂在灶屋里，使用时可以随便抽取。

豆渣不能太湿也不能太干，母亲用手一握，可以捏成团，连忙吩咐我熄火，将炒好的豆渣一铲一铲舀到铺好桐麻叶的篾筛里，父亲用力按压豆渣，刚出锅的豆渣有些烫手，父亲按压一下停歇一下，豆渣的温度慢慢降低，父亲停歇的时间越来越短，最后还加快了按压的速度，只有趁热把豆渣按压结实，它才会顺利发酵。

豆渣按压好了，在上面再铺上几片桐麻叶，桐麻叶上搁两块劈柴不让它张扬飘飞，然后把篾筛端到火塘楼上放好。

接下来是盼望中等待，等待一个美味的降临。

农家的火塘每到冬天整天都会生着大火，一为取暖，二为熏肉。火苗呼呼，浓烟滚滚，楼板上的豆渣开始发酵，慢慢地，表面已经生成一层白毛，父亲说，端下来吧，母亲说再熏一天。豆酱巴的火候很重要，早了，还没有充分发酵，豆酱巴没有香味，迟了，发酵过度，又会有一股苦味。

篾筛终于端下楼来，揭开枯桐麻叶，用干净毛巾擦拭掉白毛，然后把整块的豆酱巴划成一条一条的长条，再切成薄片，在簸箕里摊开，放到太阳下晾晒。

母亲刚把豆酱巴切完，我提议湿的也煮了吃一次，母亲首先赞同，父亲则用实际行动来支持我的提议——他从楼上取下一块腊肉，烧洗切，一人包干，腊肉片切得很薄，加作料翻炒，香气四溢时加水煮沸，这一次，腊肉只是配料，一碗湿的豆酱巴下到腊肉汤锅里，那香味就在满屋弥漫，加上嫩嫩的白菜，阳光从窗棂照射进来，白白的米饭，绿色的白菜，红红的干辣椒皮，褐色的豆酱巴，单是那色彩就叫人无法抗拒，何况那香味已经渗进我的五脏六腑，将我一饱口福的欲望撑大，我端起饭碗，风卷残云般吃喝起来。

冬日的阳光虽不炽烈，倒也孜孜不倦，两三天的工夫，豆酱巴就晒干了。干好的豆酱巴多有卷曲，卷曲的形状似乎更为生动，更富有生活气息。往日，干好的豆酱巴会放进坛子里或是生漆漆过的泡桐树木桶里，可以防潮，防止香味溢漏，现在，则是用塑料袋装成一袋一袋的，放在冰箱里，食用时一次打开一小袋。

三里不同风，五里不同俗。也有的地方制作豆酱巴跟我老家的做法不尽相同。他们把炒好的豆渣捏成一个一个小圆饼，然后放到火炕楼上发酵，发酵好了以后，一个一个整个晒干，就要多些日子，多晒几个太阳。吃的时候切开，当然不会是一片一片的，下到火锅里，散开为一颗一颗的，黏附在白菜上，味道也非常鲜美。这种圆形的豆酱巴还可以切成细末后做成“渣酱”——加辣椒面和食盐，用开水泡发后当凉菜吃，如果是煮了面条，配一碟“渣酱”，那面条就会吃得格外香，格外惬意。

豆酱巴最为风行的时光是在每年的春日里，春风吹拂，万物萌动，野樱最早扑进春天的怀抱，田塍上已经有一层细密的绿色的涌动。白菜刚刚起薹，豆酱巴煮白菜薹是这个季节美食的绝配，能把男人从牌桌上唤走，能把女人从试新衣的兴奋中转移。

一年一度的播种还没开始，是一段乡村难得的闲暇日子，相互走动，延续着接春客的余韵。我教书的中专开学较迟，就有时间加入这支队伍之中，品尝美味，体味乡村温暖祥和的氤氲。不论是在张家还是李家，我们早早就坐到了餐桌上，白菜薹已经洗好，鲜嫩鲜嫩地在筐箩里滴着水滴，那是一个季节的馈赠，是大自然向人类示好的见证。

五花腊肉洗好了，切成丁，烧热铁锅，腊肉丁倒进锅里翻炒，随着铁锅里发出的嗞嗞声，腊肉的香味开始弥漫，腊肉丁黄而不焦，油脂已经沁出许多时，放入葱姜蒜快速翻炒，然后加水烹煮，水沸之后再加花椒、辣椒皮和自制的豆瓣酱，煮至滚开，倒入小锅，移至餐桌的炉子上，其他菜肴早已摆好，酒斟好，在滚开的汤锅里下入豆酱巴，一股特殊的香味立刻填满了整个餐厅，几乎每个人都看见了别人喉结的上下滑动……汤汁开过两开，把白菜薹倾进汤锅，菜薹煮熟还没有煮死时味道最为鲜美，一双双筷子伸进汤锅，夹起一段菜薹或是一朵菜花，一起夹起来的还有一片一片的豆酱巴，美味入口，才开始饮酒。豆酱巴没有了，再下，白菜薹没有了，再下，汤锅里已经没有多少油水了，肥肉炼出的猪油再添两勺，辣椒皮再丢一把，豆瓣酱再舀一勺，只是忙了洗菜薹的人，一把菜薹在汤锅搅一圈就完了。酒自然也下得快，因为这可口的豆酱巴，一桌人多喝了一瓶酒。

吃饱喝足，妻子开着车拉着我去镇上转悠，有事没事逛菜市场，是她作为家庭厨房工作人员的爱好！来到镇上，到处都飘溢着豆酱巴的芬芳，从大的农贸市场到小巷子的小菜摊，卖得最快的自然是白菜薹，一起售出的自然是各色各样的豆酱巴，虽然出自不同的农家，有切成片的，有做成圆饼的，因为作料的多寡和轻重，味道也略有差异，但那种豆渣发酵的香味却是出奇地一致，别的任何味道都无法将其覆盖。

豆酱巴的美味不但一直贿赂着我的味蕾，而且将其美味信息输入我的神经系统，形成一种力量强大的文化观照和系统编程，我已经无法逃离这份有些偏执的热爱。

过完春节从老家回城的时候，亲戚朋友会有各种各样的馈赠，许多东西我都回绝了，唯有豆酱巴是来者不拒，大袋小袋大包小包，装满两纸箱。当我把这两个纸箱塞进尾厢，合上盖子，我觉得一个诗意的春天已经被我牢牢地锁住了，汽车启动，轮胎碾过大地的声音格外动听，印在乡村公路上的轮胎花纹是那样新颖而亲切。

回到宜昌，隔三岔五就有朋友向我讨要豆酱巴，还有的人，提着两瓶好酒，往我沙发上一坐说：吃完豆酱巴再走。直到春日和煦的阳光渐渐变得有几分炽烈，冰箱里装豆酱巴的那两格抽屉已经空空如也，我家里才安静了下来。

老家的朋友们还没有安静，表弟石付见发来了视频，一桌人正在喝酒，两个火锅，肯定有一个是豆酱巴，几个男人已经有了几分醉意，吼着粗嗓子在唱我们纸厂河的五句子山歌：

一天爱闻早上的花
一夜爱听枕边的话
一月爱看十五的月
一年爱喝清明的茶
一生爱吃个豆酱巴
……

这都是往日的情景，只在我记忆的田畴中存活。现在豆腐店的伙计走村串乡售卖豆腐，连农村也很少自己打豆腐了，没有了豆渣，自然再没有豆酱巴。

吃豆酱巴煮白菜薹，喝烧酒，唱山歌，成为已经逝去的风景！

温新阶　中国作家协会会员，湖北省作家协会散文创作委员会副主任，宜昌市散文学会会长。出版散文集、小说集多部。曾获全国少数民族文学骏马奖。

酱与瓷

（散文）

◎　**谭登坤**

一

转身，四顾。院子里空荡荡的，早已废弃的砖台，空荡荡的。墙根儿下的荒草淹没了一截儿断砖。荒草中，一棵豆秧，突兀地伸展出来，探出长长的触须。断砖之侧，豆秧缠绕覆盖之下，隐约露出一眼黑洞洞的井口。

那不是井口，那是一只瓷盆。分开豆秧，黝黑的瓷盆里竟然盛着一盆清水。这个夏天雨水太勤。暴雨过去，那一盆清水竟然如此清冽。豆秧近水的一面，生出了长长的雪白的根须。

芳香四溢，满满当当的童年，就从这盆清水里渐渐显影，一缕遥远然而浓烈的酱香，也从岁月深处释放出来了。

二

是一只阔口大盆。底小口大，状如喇叭。黑釉衬里，油光锃亮；灰黄其外，粗粝如砂。厚重的盆沿儿，盘曲遒劲，可握可捧可提。这样一只瓷盆，它沉稳拙笨，孩童搬不动，鸡狗撞不翻，砖石锹镬碰到，溅出火星，只留下一抹灰白的痕迹。用它盛汤，不烫不洒；用它和面，撕拽拉扯，瓷盆稳稳当当，纹丝不动。

脱胎于泥土，却煅烧为坚石，凝化为釉瓷。这一只瓷盆，它经历了千锤百炼，便有了与时间抗衡的本领。此后一千年、一万年，再不褪色，永葆着一份坚韧，一份坚硬，一份守候，一如当初，它从窑火中成形的样子。它心里清清楚楚的，一旦走出窑口，它的绵长无尽的生命之途就开始了。

母亲用粗糙的双手，捧住粗糙的盆沿儿；有时又倾怀揽住，把它抱在胸口上。母亲把锅梁子、锅箅子、礤床儿、炊帚之类，随意地扔到瓷盆里去。母亲发脾气的时候，母亲手里的擀面杖、菜刀、烧火棍、水桶之类，会直接砸向它、碰到它。一摔一碰之间，母亲心里的烦闷与急躁也随之散去。这只瓷盆总是硬头硬脑地承受，任凭母亲处置，默默陪着母亲，消尽了火气。它最经常的去处，就是藏到门后、桌后，犄角旮旯里去。这只瓷盆，它比母亲膝下那一群惹是生非的孩子，都更听话，也更皮实。

待母亲一天天老去，笨了手脚，钝了筋骨。可瓷盆不老，依然忠诚地陪伴在母亲的左右。

三

这只瓷盆最大的功德，还是它年年夏秋陪着母亲，晒出那一盆老酱。

每到出伏，那只黑釉瓷盆里，装了满满一盆豆酱。这是这只瓷盆一年里最重要的职责。母亲费力地捧起这口大盆，走出屋门。这一盆豆麦携手的好滋味，从此开始了它的阳光之旅。

至今想不出，除了这一盆老酱，还有什么是可以这么天天泡在阳光里的。人畜不行，衣物、粮食，没有什么能经得起这么漫长的暴晒。就连那些生了根的禾苗，一旦失了水分，也会干了枯了。唯有这一盆老酱，却是经夏历秋，日日不辍。

为了迎接这盆豆酱，院子里收拾得干净。雨季已歇，而太阳依然毒辣，气候干燥。鸡鸭都躲到阴凉里去。跑累了的黑狗，卧在檐儿下，伸出粉红的舌头。只有这只瓷盆，那么骄傲，承受满天满地的阳光。整座院子，好像就是专为这一盆老酱预备的。它不谦让，占据最有利的位置。所有的家庭成员，也都容忍，不抱怨它挡了脚步。

这样一只瓷盆，它平时躲在犄角旮旯里。它那么谦退自忍，此时突然就站到中央，成为主角儿，心意满满。

阳光滋养着豆酱，它的筋脉经络；阳光激励着豆酱，它的意志、决心；阳光也锤炼着豆酱，它的骨髓、膏血。阳光让一盆豆酱，在一场不停顿的照耀中，制造着它的干细胞、它的白细胞、它的红细胞、它的血小板。阳光在调和着它的肌理、它的活性，在激活着它的酶，酝酿着它的芳香和滋味。

阳光真是毒啊。柴草秸禾，都在阳光里衰飒了颜色，连一只木头墩子，也在阳光下日渐老去。只有这一只瓷盆，还有盆里的老酱，它们黑头黑脑的，敢跟太阳叫板。似乎越晒，才越舒服；越晒，才越活泛。它晒得有滋有味。阳光是白的，瓷盆是黑的；院子是小的，瓷盆是大的。豆酱在阳光下一点一点变成红色，变成黑色，黑到发亮，黑到透红。瓷盆和老酱依然不动声色，好像是比赛着，看看到底是谁，能在阳光里晒得更长久，也更瓷实些。

也许，只有母亲，能听得见一盆老酱的呼吸，能看得见一盆老酱的生发；只有母亲，能够懂得，一盆老酱在阳光下汹涌的嬗变。它悄悄地孕育，提炼，浓缩，它慢慢地成酱成膏，慢慢地生长出马颊河边最独特的风味。

这些，一只瓷盆可能真的不懂。可它懂得坚守，懂得呵护，懂得陪伴，懂得这个院子里女主人的心。它忠诚于一位主妇，也代替一位主妇，去忠诚于一盆老酱。

母亲时不时地陪伴着这一只瓷盆，站在阳光下。她搅动，翻晒，让一盆豆酱均匀地承受阳光。每天搅拌的次数、搅拌的方向、搅拌的力度，都在母亲的心里计算着、规定着，由她的一双手严格执行着。母亲遵循着自己内心的规则，去对待一盆豆酱。像做一床被子，缝一件衣裳，让针脚儿随心。她深知，这一盆豆酱，它是有灵性的，它不敢稍有懈怠。她必须小心地伺候，细心地观察酱的颜色、酱的味道。她每天站在阳光下，跟一只瓷盆、跟她的一盆豆酱说话，就像一次慰问、一次提醒。

她不能让一盆老酱的脚步太快，太快就酸了；她也不能让它走得太慢，太慢就腐了、馊了。她和一盆酱，就这样日日交流、交心，他们真是有着很深的交往。

她所有的心思，全交给阳光。到最后，秋老霜至，疲惫的阳光把一盆老酱交付于她，她就明白，她心心念念的一件事做成了。那是她最感亲切的味道，是她心目中的味道，是她的母亲和祖母一代代传下来的味道。是，它已经不单是一盆老酱，它已经百炼成丹，化为人间妙品。

谁能懂得，一只外表粗糙、内心细腻的瓷盆，它的忠诚、它的情感，以及理想呢？

四

阳光正好，该是搬出那盆老酱的时刻了。屋门虚掩，满怀满抱着那只瓷盆的母亲，也该从堂屋里走出来了。

母亲抱着那只瓷盆，缓缓迈下台阶，就像抱着襁褓中的我，抱得扎实，抱得热切，抱得辛苦。

太沉了，那一盆老酱，它该有二十斤，还是三十斤，它让母亲脚步迟重，又步步小心。那一只放置瓷盆的木凳呢，还有那一只秫秸穿成的盖件儿呢？

萋萋荒草，破败的院子，让人心潮涌动。

正有一种巨大的力量，将一所院子，将母亲，推动着，一步步远去。我伸出手去，抓住屋门儿，我要拽住母亲的衣襟，我张开喉咙，我要大声呼喊，大声呼救，可那又是怎样的一种妄想啊。

时光已去，天荒地老。清水里，照出一张苍老忧伤的脸。

只有那一缕酱香，从深远的岁月里，幽幽地飘来，在头顶上，在院子里，氤氲飘荡，让舌下生津，眼中泪潮。

先是懵懂地看着，再是蹒跚地追着。那是哪一年，终于能帮上母亲的忙了。两只小手紧紧攥住了盆沿儿，另一边是母亲。母亲的两只手，因为一个小人儿的参与，让母亲费了更多的力气和更多的精神。两个人一起，将一盆老酱，抬到阳光里去。

岁月深处，那一盆老酱，依然在等着我。

我想伸开臂膀，抱住那只瓷盆，就像当年母亲抱着我那样。我想伸出手去，悄悄地伸到瓷盆里，要蘸一点豆酱。母亲那只手，总会适时地出现，挡开了我，责备我一只脏手，会坏了一盆好酱。母亲用干净的筷子，戳一点老酱，放在我的舌尖儿上。那么鲜美、那么煞口、那么清晰的酱香，让我浑身一凛，眯起了眼睛。

豆酱抹在玉米饼子上，醮在大葱上，拌在一碗手擀面里。豆酱装进小小的瓷罐儿，封好油纸，背上肩背，陪我从小儿郎的童年，走到少年、青年、壮年，走向天高地迥。一抹老酱的味道，就这样一路陪伴着我，滋润在口舌之间，飘浮在饭桌上，氤氲在记忆里。它让一段贫瘠苍白的日子滋味丰满，不再寒酸。让一段老酱相伴的日子，变得韵味悠长。

五

如今，那一缕幽远的酱香，它追赶着一个少年匆匆离家的脚步，它穿过了四十年的风雨峥嵘，它已然暗藏进我每一个人生路口。它会在一个阳光普照的早晨，或傍晚，倏然而至，点醒我，滋润我，让我循着那一缕飘荡在记忆深处的芬芳，找到回家的路。

酱香犹在，味道不老，一如母亲殷殷地喊我。

那是潜伏在我生命深处的味之魅。

谭登坤　山东聊城人。山东省作家协会散文创作委员会委员。出版散文集《马颊河十二月》《我们的粮食》等，教育随笔集《谭堂的生态与生态的课堂》等。